MUTOU REN

木头人

毛立新◎著

时代出版传媒股份有限公司
安徽文艺出版社

图书在版编目（ＣＩＰ）数据

木头人/毛立新著.—合肥：安徽文艺出版社,2018.6（2022.5重印）
ISBN 978-7-5396-6411-8

Ⅰ.①木… Ⅱ.①毛… Ⅲ.①中篇小说－中国－当代
②短篇小说－小说集－中国－当代 Ⅳ.①I247.7

中国版本图书馆 CIP 数据核字(2018)第 150075 号

出 版 人：朱寒冬
责任编辑：姚爱云　　　　　　　　装帧设计：张诚鑫
....

出版发行：时代出版传媒股份有限公司　www.press-mart.com
　　　　　安徽文艺出版社　www.awpub.com
地　　　址：合肥市翡翠路 1118 号　邮政编码：230071
营 销 部：(0551)63533889
印　　　制：北京一鑫印务有限责任公司　　(010)61424266
....

开本：880×1230　1/32　印张：8.25　字数：200 千字
版次：2018 年 6 月第 1 版　2022 年 5 月第 2 次印刷
定价：32.00 元
....

木头人

刘晶在床头,刘娟在床尾。刘晶托着刘军的手,一遍遍唤着"小弟"。刘娟用毛衣针,轻戳刘军的脚心。刘军车祸后,成了植物人,前天刚出院。医生说唤醒刘军是有希望的,前三个月是唤醒的最佳时间;说亲人的呼唤是最有唤醒力度的,让刘晶和刘娟除了呼唤、戳脚心,还要多为刘军翻身和擦洗,免生褥疮。

刘晶唤着唤着,流泪了。刘晶说,老天真不长眼,真宁愿被撞的人是我!

刘娟望了望刘晶,也流泪了。刘娟说,宁愿是我!

刘晶比刘军大十四岁,刘娟比刘军大十二岁。刘军出生的那年,他们的母亲得了精神病走失了。他们的父亲,也在那年年底因病去世。刘军是刘晶和刘娟带大的。刘军在她们的眼里,是弟弟,也像儿子。

刘晶抹了把眼泪说,我对不起爸爸啊。刘晶说完,呜呜哭出了声。

刘娟也抹了把眼泪说,我也对不起爸爸啊。刘娟说完,也呜呜哭出了声。

父亲临死前,紧紧抓住刘晶的手,托付刘晶好好带大刘军。父亲说这话的时候,指甲把刘晶的手掐出了血。刘娟亲眼看见了这一幕。

刘晶泪眼汪汪地说,小弟命苦啊,好不容易大学毕业,刚有了工作,就出了这么天大的事,成了木头人,我怎么办呢?这不是要我的命吗?刘晶说完,哭得更大声了。刘晶那里的当地人都把植物人说成木头人。

刘娟也哭得更大声了。

两人哭了一阵,刘娟抹了抹眼泪,望着刘晶,说,大姐,你晚上回家好好休息,我一个人能行。

刘晶泪眼汪汪地望着刘娟,没说话。

刘娟说,大姐年纪大,脖子上的甲状腺瘤还在长,又有高血压,大姐再垮了怎么办?

刘晶说,我就算回家,心也在这里。刘晶说完又呜呜哭出了声。

刘娟说,想到小弟跟着我们,吃没吃到好的,喝没喝到好的,新衣服过年才有,我难受啊。刘娟说完,又呜呜哭出了声。

当天晚上,刘娟接到丈夫李家财的电话。李家财语气兴奋,说昨天开始,店里的生意好得超出想象;说昨晚九点才关门,卖了将近三百碗面条,六百个烧饼,净挣八百多块;说今天又是这样;说五百米外的风景区已经开业,游客多得像一大片蚂蚁;说以后的生意会天天这么好,他们要发财了;说他实在忙不过来,也累坏了,想让刘娟回店帮忙;说大姐若是照顾不过来,就请个保姆,费用他出。

刘娟和李家财在镇上开了家兼卖烧饼的小小面条店,以前每月只能挣到一千五左右。

刘娟听到店里生意红火,一脸兴奋,不时发出"乖——""啊——"之类的惊叹和"哈哈"的笑声。刘娟听到李家财让她回店,紧了紧眉头。

刘娟打完电话,迫不及待走向刘晶,报喜般转述了店里生意的红火。刘晶也听得一脸兴奋,不时发出"乖乖""真的啊""好啊"之类的赞叹和"哈哈"的笑声。刘娟转述李家财让她回店的时候,皱起了眉头,声音小了许多。

刘晶笑了,说,你回去,赶紧回去,这么好的生意,肯定把家财累坏了。

刘娟没吱声。

刘晶说,愣着干什么,赶紧回去,挣钱最重要。

刘娟说,我担心大姐的身体,也怕大姐一个人忙不过来。

刘晶说,我又不是纸糊的,能行的。

刘娟说,家财说请个保姆,钱我们出。

刘晶说,钱多啊?

刘娟说,我担心……

刘晶打断刘娟的话,说,你哪来那么多担心?赶紧回家,多挣一个是一个。

刘娟望着刘晶,没吱声。

刘晶走到刘娟的身边,拉住刘娟的手,说,你儿子以后要上大学,要买房子,要结婚,哪一样不需要花大钱?刘晶说到这,望了望躺在床上的刘军说,小弟康复需要多少钱,也是个未知数,我都愁

3

死了,其实我哪里想让小弟出院呢?但又有什么办法呢?不都是因为缺钱嘛!刘晶说完,流泪了。

刘娟也流泪了。

刘晶替刘娟抹了抹眼泪,也为自己抹了抹泪,说,以前想挣钱,就是想疯了也没用,现在你的生意好了,还是一天能挣八百块钱的生意,还不赶紧珍惜,赶紧回家帮忙,想那些乱七八糟的干吗?

刘娟说,可医生说前三个月是小弟的最佳康复期,需要亲人在小弟的耳边多说话,我怎么能走呢?

刘晶愣了愣,望了望床上的刘军,笑着说,我不是小弟的亲人啊?

刘娟也笑了。

刘晶说,小弟和我比你亲,安心回家吧。

刘娟说,你在床头和小弟说话,我在床尾刺激小弟的脚心,我不在,你怎么办?

刘晶说,你呆啊?我就不能在床尾一边说话,一边戳小弟的脚心啊?

刘娟又笑了。

刘晶说,没问题了吧?赶紧回家多挣钱,这才是眼前最重要的事。

刘娟没动。

刘晶说,不要想着对不起小弟,要想着这也是在为小弟挣钱。

刘娟表情凝重地点了点头后,走到刘军的床头,深情无比地轻抚刘军的脸,唤了声"小弟",不禁泪如雨下。

刘娟到家后,见李家财在客厅整理钱款,刘娟笑了,关门的同时,刚想说"儿子呢",就被快速站起身来到她身边的李家财一把抱住。

李家财说,乖乖,你这么多天没回家,憋死我了,赶紧赶紧。李家财说着,抱起刘娟就往卧室走。

刘娟笑着啧了李家财一声"去",说,儿子呢?

李家财说,去他爷爷家了,明天回来。

刘娟和李家财过了一阵"哼哼哦哦"的夫妻生活后,刘娟满脸幸福的红晕,说,真没想到生意这么好,一天能挣八百多,我没做梦吧!

李家财起身走到客厅,拿着一沓百元大钞回到刘娟的身边,说,看看,一千七,以前要辛苦一个月,现在两天就挣到了,这是老天爷眷顾我们了,要让我们发财了。

刘娟喜气洋洋地接过钱,喜气洋洋地数着。

李家财说,一天八百多,一个月就是两万往上跑,一年至少二十四万,我们只要辛苦三年,家里花钱的事就统统不用愁了。

刘娟说,要算上小弟一份的。

李家财稍稍一愣,说,你为小弟花钱,我什么时候说过拦过?对了,我忘问了,小弟现在怎么样了?

刘娟面露愁容,没吱声。

李家财唉地叹息一声。

刘娟流泪了。

李家财搂住刘娟,说,有些事要想开,也只有想开。

刘娟呜呜哭出了声。

李家财把刘娟搂得更紧,说,我知道你们的感情比一般姐弟深,想开些,不哭了。

刘娟依旧呜呜地哭。

李家财说,我们好好干,多挣点钱,到时带小弟到上海、北京的大医院,效果肯定会更好。

刘娟停止了呜呜,目露感动,望着李家财。

李家财笑了,说,乖乖,这么深情啊,看得我心里痒兮兮的,我架不住了,还要。李家财说着,又把刘娟按在床上。

刘娟和李家财第二天清晨五点来到店里,二人一个和面,一个生火,憧憬今天的好生意,幸福地说笑着。

从早上七点至晚上九点,店里坐满了人,店外排长队。刘娟看到了李家财说的好生意,也体会了李家财说的辛苦。关店门的时候,刘娟觉得自己累呆了,呆得仿佛与周遭毫无关系,只想躺下。刘娟甚至觉得自己有点像刘军,是个木头人。刘娟即便想到今天的收入多于前两天,她的欣喜,也被极度困倦瞬间淹没。

刘娟很想去看看刘军和刘晶,但刘娟累得实在不想去了。刘娟打电话给刘晶,有气无力地问了问刘晶是否忙得过来,说自己太累太困了,不去看他们了。刘晶在电话里鼓励刘娟好好干,多挣钱。

上午的时候,刘娟就想打电话给刘晶的,但一直忙到午后,还是在上厕所的时候,匆匆问了刘晶几句。刘娟上午还动过买奶粉给刘晶的念头,但根本没空去。

刘娟和李家财在回家的路上,李家财对刘娟说,明天把面条价格从七块涨到十块,烧饼从五毛涨到一块。

刘娟搂着李家财坐在电动自行车的后面,闭着眼睛说,不好吧,万一客人知道,生气不来怎么办?

李家财说,都是游客,今天来,明天走,谁知道我们涨不涨价?就算少来几个,涨价挣回的钱,也能持平我们的收入,我们也轻松些。

刘娟没吱声。

刘娟和李家财的小小面条店,不仅没因涨价少了顾客,反而随着风景区的名声扩大,食客有增无减。刘娟和李家财每天的净收入涨到将近两千。

几天后,刘晶为刘军翻过身,坐着喘息时,听到了自己的手机铃声。刘晶慢慢走向手机,慢慢拿起手机。刘晶看到打来电话的人是吕秀丽,顿觉和她通不通话的结果一个样,等于什么也没说,觉得手机像木块。刘晶懒懒地接通电话,还没来得及说话,听见吕秀丽急切又兴奋地说,刘姐——刘姐,我刚才和王老师一道沟通了一个做生意的老板,王老师真行,一沟就通,那个老板答应买啦,答应买啦,哈哈哈……

刘晶听后,顿感手机像吕秀丽兴奋的手,也高兴地说,真的啊,乖乖,厉害厉害,哈哈哈……

刘晶下岗后,在王老师家做保姆的过程中,王老师说刘晶人好,手脚麻利,因此告诉刘晶一条发财之道。刘晶被高额的收益和美好的愿景深深吸引，花了一万五千元，买了一组家电套餐，成了王老师的下线，做起了"梅华"牌家电直销。刘晶不到一个星期，发展了第一个下线——吕秀丽。刘晶从吕秀丽购买的冰箱、彩电、空调三件套组合的套餐中，获利两千元。但此后一年多的时间，刘晶和吕秀丽一次次说干口水，都没发展到一个下线。刘晶接到的吕秀丽的电话，不是吕秀丽说发展下线毫无进展，就是诉说做直销的辛苦。刘晶因此觉得和吕秀丽通话的意义，等于重听一遍吕秀丽的录音。今天，吕秀丽发展了一个下线，刘晶也能获利一千元。久违的获利，让刘晶高兴不已。

吕秀丽说，刘姐，我再告诉你一个好消息，我还约了两个人，也是做生意的老板，一个姓吴，明天上午有空，另一个姓夏，明天中午有空，你一定要陪我一道。吕秀丽自感与人沟通的能力远逊于刘晶，吕秀丽约了人，都会喊刘晶陪同。刘晶因上下线共同的利益，也总是陪同吕秀丽。

刘晶皱了皱眉，说，我要照顾小弟，哪能走开？你喊王老师一道，他会帮你的。

吕秀丽说，我知道你这段时间有事，不然，也不会喊王老师陪我的。但王老师明天出差，就算他在，他哪有时间天天陪我？他还有那么多人要照顾，你喊你妹妹来照顾一下不就行了？

刘晶说，她忙。

吕秀丽说，再忙还比挣钱重要啊？

刘晶说，她也是忙挣钱。

吕秀丽说，她要挣钱，你就不要啊？你富啊？

刘晶想了想,说,好吧,我们明天上午老时间老地方见。

刘晶打了刘娟的电话,始终没人接听。刘晶想到刘娟忙得听不到,只好等着刘娟打电话来。刘娟每天关好店门后,都会打电话来的。

刘晶接到刘娟的电话。刘晶说了让刘娟明天来照顾刘军的缘由。刘娟一口答应。

刘晶和吕秀丽说的老时间,是上午八点。刘晶在七点半的时候打了刘娟的电话,听到的是关机的信息。刘晶赶到和吕秀丽约好的地方需要二十分钟。刘晶巴望刘娟七点四十之前能够到达。刘晶很焦急,她一遍遍打刘娟的手机,听到的都是关机的信息。刘晶在不停打刘娟电话的间隙,接到了吕秀丽的电话。吕秀丽说,刘姐,怎么还没到?

刘晶说,我妹妹还没到。

吕秀丽说,难怪呢,你是个从不迟到的人。

刘晶说,再等等。

吕秀丽说,赶紧打电话催。

刘晶说,打了,关机。

吕秀丽说,那怎么办?吴老板说他八点半至九点半在店里,从我这里赶过去至少还要二十分钟,你再不过来,事情就黄了。

刘晶说,你一个人去。

吕秀丽说,我嘴笨,去也白去。

刘晶说,刘娟应该马上会到的,这样吧,我们直接在吴老板店里碰头,可以省下我去你那里的时间,你把吴老板的店址告诉我。

吕秀丽说,我等你的地方,是你去吴老板那里的必经之地,不存在省不省时间的。

刘晶说,我也急。

吕秀丽说,你弟弟是个木头人,又不会乱动的,你不如先出来,应该没关系的,反正你妹妹肯定会到的。

刘晶没吱声。

吕秀丽说,你妹妹没钥匙?

刘晶说,不是。

吕秀丽说,那还不赶紧?我预感这两个老板都会买的。

刘晶没吱声。

吕秀丽说,你不想挣钱啊?

刘晶没吱声。

吕秀丽说,你弟弟要是能乱动就好了,你又有什么不放心的?

刘晶没吱声。

吕秀丽说,都八点十分了,你再不出门,真的来不及了。

刘晶说,好吧,我马上来。

刘晶和吕秀丽马到成功。吴老板不仅自己买了,还说会拉自己的表弟也买,让刘晶和吕秀丽明天老时间来他的店里。刘晶和吕秀丽兴奋地走出吴老板的店门,吕秀丽说,我就觉得我这几天运气旺,果然!

刘晶笑着拍了吕秀丽一巴掌,说,但愿你一直运气旺,大旺,让我也沾光。

吕秀丽说,走,赶紧到夏老板那里去,我和他约好中午十一点的。

刘晶说，我先打个电话给刘娟。刘晶听到的还是关机的信息。刘晶又打了刘军家电话，也没人接。刘晶皱着眉说，这死东西，到现在还关机，人也不在小弟家，搞什么搞？

吕秀丽说，是不是她忘了？

刘晶说，不可能的。她话音刚落，就接到了刘娟的电话，刘晶还没张口，听见刘娟说，大姐，你在哪里？

刘晶说，我在外面见客户。

刘娟说，把小弟一个人丢在家，你怎么放得下心的？

刘晶说，我打了你无数电话，一直关机，我以为你马上会到的。

刘娟说，你真想得开，假如我不到呢？你那种磨嘴皮的事，有什么好急的？

刘晶说，我哪知道你会这么晚？这都十点多了，你干什么的？

刘娟说，我这几天太累了，想睡个懒觉再来的，哪想到你要出门？你昨天为什么不说？

刘晶说，行行行，你反正到了，我也放心了，告诉你一个好消息，我和吕秀丽刚才又拉到一个下线，我又赚了一千。

刘娟说，一千就值得你走啊，一直说小弟是你的命根子，命根子就值一千啊。

刘晶说，好好好，不说了，是我的错，我想到小弟是个木头人，应该不会乱动的。

刘娟说，亏你说得出口，你才是木头人，把小弟一个人丢在家里，自己跑出去挣钱，没心没肺，你和木头人有什么区别？你把医

11

生的话忘了吧? 刘娟说完,挂断电话。

　　刘晶和吕秀丽在夏老板那里又是马到成功。刘晶无比兴奋,就急着要回刘军的家。吕秀丽拉住刘晶,说她们发财了,应该庆贺;说她发的财比刘晶大,非要请刘晶吃碗大排面。

　　刘晶的发财好运,从刘晶匆匆吃完大排面,想走之际开始了。

　　刘晶做梦都想不到那些原先自己沟通过,但没买产品套餐的人,会一个接一个打来电话,都说要买,叫刘晶赶紧去办手续,有的甚至约好下家,让刘晶抽时间去沟通。刘晶在一个小时里,接到十个这样的电话,能赚两万,羡慕得吕秀丽大发感慨,说真正运气旺的是刘晶,她是沾了刘晶的光,才有之前的小财运。

　　刘晶一直忙到晚上十点多才赶回刘军的家。刘晶笑盈盈地迎着刘娟的冷脸说,我今天赚了两万。

　　刘娟狐疑地看看刘晶。

　　刘晶说,今天真的挣了两万,过几天,钱就到银行卡了,到时给你看。

　　刘娟笑了,说,真的?

　　刘晶说,我什么时候骗过你?

　　刘娟说,乖乖,大姐,你一天抵我们十几天啊。

　　刘晶笑。

　　刘娟说,你发财了,我也把一切搞好了,时间不早了,我回家了,唉!明天又要忙得屁股不沾凳子。

　　刘晶拦住刘娟说,二妹,明天还有不少客户等着我去,估计又是两万左右,你明天再照顾小弟一天。

刘娟愣了愣,说,好吧,我打电话跟家财说一声。刘娟向李家财说明了原委。李家财最后说,你大姐能挣钱,你不回就不回吧!唉!我又要累疯了。

刘晶第二天一早出门,又到了晚上十点多回到刘军的家。刘晶笑盈盈地迎着刘娟的满脸疲惫说,我今天又挣了两万,乖乖,真是开心啊。

刘娟顿时兴奋,说,乖乖,又是两万啊?

刘晶说,以前磨破嘴皮也没一个人买,叫天天不应,叫地地不灵,现在财运来了,这些人像约好了似的一起找上门。

刘娟笑。

刘晶说,财运来了,想不要都不行。明天又有不少客户等着我去,只好再麻烦妹妹一天了。

刘娟笑容顿失,犹豫了一会,说,我跟家财讲一声。刘娟向李家财说明了原委。李家财最后说,算了算了,我再坚持一下吧。

刘晶第二天一早出门,又是晚上十点多回到刘军的家,刘晶笑盈盈地迎着刘娟焦急的面色说,我今天又赚了两万,真是太开心了。

刘娟笑了笑,说,大姐厉害。

刘晶说,二妹明天再守一天小弟,就这一天,后天哪怕能挣十万,我都不去了。

刘娟不满地看看刘晶,犹豫了好一会,说,我打电话给家财。刘娟向李家财说明了原委。李家财最后说,明天是最后一次噢,我累得架不住不说,你不在,钱也少挣不少,大姐要挣钱,我们家也要挣的。

刘晶第二天又是一早出门,晚上十点多回到刘军的家,刘晶笑盈盈地迎着刘娟冷漠的脸,说,二妹,猜我今天挣了多少?

刘娟冷冷地说,多少?

刘晶说,三万,比前几天多了一万,我真高兴,高兴疯了。

刘娟说,噢,我知道了,我回家了。

刘晶拦住刘娟说,明天还有好多客户等着我沟通,能不能再……

刘娟打断刘晶的话,说,不可能!

刘晶望着刘娟说,我明天真的有好多客户……

刘娟打断刘晶的话,说,不可能!

刘晶望着刘娟,好一会才说,我不是想多挣几个吗?

刘娟说,你想挣,我们不想啊?

刘晶说,我挣得远比你多,这样,你的损失我补,每天给你两千,大姐不和你算计。

刘娟说,你多是你的,我少是我的。

刘晶说,怎么和大姐还分你我?

刘娟没吱声。

刘晶说,大姐什么时候只顾自己家,不管你们的?

刘娟说,大姐的确不自私,但大姐是对小弟不自私。

刘晶说,我对你差了?

刘娟说,你心里有数。

刘晶说，你是喝西北风长大的？

刘娟说，我不欠你的。

刘晶说，爸爸死后，养家的人是你？

刘娟说，我没这么说。

父亲死后，刘晶辍学，顶替进了父亲曾经工作过的工厂。

刘晶说，我当时又瘦又矮，不是抢大铁锤，就是举榔头，把大石块砸成鸽子蛋大小的石子，我哪里干得动？但想到要养活你们，我干不动也要干，手上出泡，胳膊发肿，还是不吭一声地咬牙坚持。

刘娟说，我又没闲着，我不是也辍学在家照顾小弟？

刘晶说，我最怕把石子运到大仓库，一个人拉一辆板车，石子至少一吨重，每次走那段又长又陡的下坡，我总是等到路上没人，才敢下坡，我哪有力气控制板车？都是随着板车下冲，一路跑，一路哭，哪里是人过的日子？为了养活你们，我只有咬牙坚持。刘晶说完，哭了。

刘娟说，你以为照顾小弟就轻松了？有一次他掉进河里，为了救他，我差点淹死。刘娟说完，也哭了。

刘晶说，我什么时候自私过？你出嫁，我给你的陪嫁一点都不丢面子。你生小孩坐月子，不都是我照顾你？你们夫妻吵架，我半夜接到电话，半夜赶到你家，我哪点对不起你？

刘娟说，你的月子不也是我照顾的？我上班那么多年，我的工资买那些陪嫁，只会多，不会少。

刘晶说，你的意思是大姐吞了你的钱了？你不吃饭了？不穿衣了？

刘娟说，我不是那个意思。我知道你为了小弟，花了你家不少钱，我不计较你吞不吞的。

刘晶说，你个没良心的东西！

刘娟说，我有没有良心，天在看。这样，我们以后一人一个白天加晚上，轮流照看小弟。

刘晶说，我怕你照看不了。

刘娟说，这几天一直是我照看，你怎么不怕了？你把小弟一人丢在家里，怎么不怕了？

刘晶说，你真是个没良心的东西，我晚上肯定会在这里的，是不会回家的，我不像你放得下心。

刘娟说，话不要说得这么难听，你晚上回不回家，是你的事，轮到我晚上在这里，我肯定会在的。行了，我也连着照看小弟好几天了，轮也轮到你了，我后天一早会来。刘娟说完，走出刘军的家。

刘晶和刘娟吵架后的第四天，刘晶晚上回到刘军的家，不见刘娟，只看到一个陌生的中年妇女。刘晶问她是谁。中年妇女说她是李家财雇的保姆，是专门照顾刘军的。刘晶一听就火了，立即打刘娟的电话。刘晶说，你为了自己挣钱，就对小弟这么不负责啊？

接电话的是李家财，李家财说，大姐，你不要生气，我们店里实在太忙，我雇了两个人，还是忙不过来……

刘晶打断李家财的话，说，你们忙不过来，就不管小弟了？

李家财说，我们不是不管，也不可能不管，市场上的保姆价是两千，我们付保姆三千，就是为了让保姆好好照顾小弟。

刘晶说,刘娟忘了医生的话了吧?

李家财说,怎么可能呢?所以她在商场里买了台录音效果最好的录音机,录下她的声音,让保姆不停地放给刘军听,效果应该是一样的。

刘晶说,你们真聪明,刘娟真是好姐姐。

李家财说,大姐,不是我们不负责,是想到这么做,和真人在场的效果一个样,你说是不是?

刘晶挂断了电话,哭了。刘晶哭了一阵,打电话给自己的丈夫张勇。张勇听了刘晶的一番哭诉,最后说,我马上来。

张勇赶来的目的,是劝刘晶效仿刘娟,说这样解放了刘晶,更重要的是维护了刘晶这么好的财运。

刘晶听得白眼相向,听着听着,气鼓鼓地走进另一个房间。

张勇边尾随,边说,你不要生气,你冷静想想。

刘晶不看,也不搭理张勇。

张勇说,我知道你对小弟感情深,家里只有一个鸡蛋,你肯定会给小弟,也不会给我们的儿子。你为了刘军,花了家里多少钱,我可说过半个"不"字?有过半点脸色?

刘晶不看,也不搭理张勇。

张勇说,但现在,小弟已经是木头人了,能否醒过来,还是未知数,你也应该多为我们的儿子想想了,他大了,上学、买房、结婚,哪一样不需要钱?

刘晶不看,也不搭理张勇。

张勇说,我的意思是趁你现在财运好的时候,赶紧多挣钱,这不仅为了我们的儿子,还为了小弟,他治疗需不需要花钱?假如他醒了,他总不能在你父母留下的这幢破房子里结婚吧?

刘晶不看,也不搭理张勇。

张勇说,你当年发展了吕秀丽后,一年多没挣到一分钱,还不好好珍惜现在的财运啊?张勇说着,拉住刘晶的手,继续说,你说当年穷,常和弟弟妹妹饿着熬过月底的最后一两天,你觉得对不起小弟,难道你也想对不起我们的儿子,让他穷得上不起大学,也买不起房子结婚?

刘晶哭了。

张勇说,现实点吧,趁着有财运,赶紧多挣一个是一个,我明天也去请个好保姆,也去买个录音效果最好的录音机。

刘晶呜呜哭出了声。

几天后的一个晚上,各自忙碌了一天的刘晶和刘娟,几乎同时来到了刘军的家,看见她们失散多年的母亲,正拉着刘军的手,望着刘军,唱着儿歌——

> 我们都是木头人,
> 不许讲话不许动,
> 不许眼睛睁开来……

卡通生活

　　詹旭东的妻子李梦雅在黄河路上摆了个擦皮鞋的摊位,马桂兰在黄河路上也摆了个擦皮鞋的摊位。糊口都难的小生意,同行照样是冤家。

　　李梦雅第一次看到马桂兰的摊位时,吃了一惊,下意识哟了一声。李梦雅怀疑自己看花眼了,以为那是幻影。李梦雅确认这是另一个人摆的擦鞋摊位时,顿觉自己口袋里的钱飞走了一半。李梦雅下意识捂了捂口袋,也看清了脸挂微笑,坐在小板凳上等候顾客的,是常常在路上遇到,彼此点头笑笑,偶尔还会说说话的马桂兰。

　　李梦雅本来对马桂兰印象很好。李梦雅常常看到马桂兰汗如雨下,挥舞扫帚仔细清扫道路。李梦雅本来也很同情马桂兰,她几次都从苦着脸的马桂兰口中,听说清洁工的工资太低。但此刻,李梦雅真真觉得马桂兰是在侵犯自己的利益,恶劣程度犹如故事里劫道的土匪。

　　李梦雅挺直腰板,手抓鞋刷,翻着白眼盯住马桂兰,她后悔曾经多次对马桂兰说过擦鞋比扫地挣钱多,又相对舒适的话。李梦雅觉得好人不能做。李梦雅不安,也不甘。李梦雅决定要反击。

　　李梦雅的屁股在小板凳上扭了几次后,越来越觉得自己先在这条路上摆的摊,占尽先来先得的优势,并觉得这优势像只手,牵拉着自己来到马桂兰的面前。李梦雅居高临下望着坐在小板凳上的马桂兰,更觉得自己有优势。李梦雅根本不管马桂兰的笑脸和热情的招呼,虎着脸说,你怎么摆到这条路上了?

马桂兰愣住了,脸上的笑意僵凝。

李梦雅说,我已经在这里摆了。

马桂兰不高兴了,说,你摆你的,我摆我的。

李梦雅说,挣不到几个破钱的烂生意,多一个人,还怎么做?

马桂兰站起身,也虎起脸,说,嫌人多可以回家,没人拦。

李梦雅说,我先在这条路上摆的。

马桂兰稍稍愣了愣,说,你先摆的就狠啊? 马路是你家的啊?

李梦雅也愣了愣,看着站起身和自己一般高的马桂兰,看到马桂兰身旁高大魁梧的行道树,觉得自己没了优势。李梦雅想到马路属于马路上的每一个人、每一辆车、每一棵树……当然也包括马桂兰。但李梦雅还是强词夺理,说,马路多呢,挤在一起快活啊? 李梦雅说完,扭头就走。

马桂兰冲着李梦雅的背影说,滑稽又少有,我摆我的摊,这点自由都没有啦? 还没王法嘞,还不得了了哎。

李梦雅停步回头,说,有本事不要当跟屁虫。李梦雅说完,扭头又走。

马桂兰说,还搞不清谁是跟屁虫呢! 我想在哪里摆,就在哪里摆。马桂兰见李梦雅没回头说话,又放大音量说,我非在这里摆,摆定了!

李梦雅脚步不停,回过头说:"吃屁的跟屁虫!"李梦雅看到马桂兰已经坐到了小板凳上,看到马桂兰虽然昂首挺胸瞪着自己,但嘴巴是闭着的。李梦雅又嘀咕了句"吃屁的跟屁虫",走向自己的摊位。

那天,李梦雅对自己的顾客笑脸相迎,擦鞋格外仔细。可李梦雅只要看到马桂兰低头擦鞋,就仿佛当头挨了一棍,顿时脑袋一蒙,眼前一片茫然。李梦雅蔑视马桂兰的擦鞋水平,觉得马桂兰的顾客不是不长脑子的傻瓜,就是假讲究的邋遢货。李梦雅恨不得马桂兰的顾客嫌马桂兰擦得不干净,或被弄脏了袜子和裤脚,抬腿给马桂兰一脚。那天,李梦雅和马桂兰都闲着时,双双抓着鞋刷,互相怒视。

李梦雅每个早晨都是坐着詹旭东的电动自行车到达黄河路的。李梦雅即将到达时,都会挺直腰板,伸长脖颈,张望马桂兰是否已经到达。李梦雅假如看到马桂兰还没来,就会暗自高兴,就会轻蔑一笑。有时还会长吐一口气,心满意足地望望朝霞映射的天空,或是哼唱邓丽君的歌曲。

李梦雅假如看到马桂兰正弯腰撅屁股摆放擦鞋工具,或看到马桂兰已经稳稳地坐在小板凳上等待顾客,就会担心马桂兰马上会有生意,就会焦虑自己的摊位还没摆好,就会捅捅骑在车上的詹旭东的后腰,催促詹旭东快点。

李梦雅到达摊位摆放地点后,会迅速下车,旋风般从詹旭东的车上抢过小板凳和摆放擦鞋工具的铁皮盒,迅速摆好它们,直到手拿鞋刷稳稳坐定在小板凳上,才翻着白眼望向马桂兰。李梦雅若见马桂兰还没有顾客上门，会志得意满地拍拍两手，望望周遭。假如詹旭东此时还没离开，李梦雅会笑着对詹旭东说，你赶紧上你的班，不要迟到，路上小心。

李梦雅假如看到马桂兰已经低头弯腰，满脸笑容，动作娴熟地为顾客呼呼呼擦着鞋，就会急得宛若火烧眉毛，就会连续拍打詹旭东的后背，连声催促詹旭东"快快快"，就会抱怨詹旭东早饭吃得太慢，说詹旭东是鸡嗓子，或是抱怨詹旭东起床晚了耽误了时间，让詹旭东以后晚上少碰自己，省得早上贪睡起不来。李梦雅这么做和这么说的同时，还会朝马桂兰白眼翻个不停。

李梦雅到达摊位摆放地点后，不仅旋风般忙碌开来，还催促詹旭东赶紧帮忙。李梦雅即便坐到了小板凳上，也会身腰扭动，屁股不安地左撅右抬，仿佛无法坐稳似的，并不时地朝马桂兰翻上一记白眼，嘴里发出"切"的声音。假如此时詹旭东还未离开，不是遭到李梦雅的白眼，就是"去去去"的抱怨。假如詹旭东说，哎呀，你就不能慢点啊，不能不计较啊？多擦一个人，少擦一个人，不就块把钱的生意？生气可值得？假如忙闪了腰，忙跌倒了，可划来？李梦雅肯定会给詹旭东一个白眼，说，你就会上嘴唇一搭下嘴唇，一块钱不是钱啊？你是马云啊？去去去，少啰唆，上你的班去吧。李梦雅说完，常常还会抓着鞋刷猛擦自己的皮鞋。

李梦雅对马桂兰的态度如此，马桂兰对李梦雅也毫不逊色。比如马桂兰看到李梦雅有生意，而自己闲着，就会用鞋刷哪哪哪猛敲她摆放擦鞋工具的铁皮盒。假如这时正好有只流浪狗在附近，肯定会招来马桂兰的怒骂，甚至是石块攻击。假如马桂兰和李梦雅都没了生意,马桂兰肯定是怒视对方,不时地敲击铁皮盒示威和泄愤。

随着二人的矛盾越来越大,怒视对方的眼睛越瞪越大,时间越瞪越长,她们的摊位也越摆越近。直到两人都想在同一地点摆放摊位,互不相让,从激烈吵架发展成打架,引得旁观者阻塞了交通,招来了警察,责令她们的鞋摊一个摆到黄河路的最东头,另一个摆到最西头,她们还是会隔着川流不息的行人和路旁高大的行道树,像长颈鹿那样怒视对方。

詹旭东多次劝说李梦雅换条马路摆摊位。说擦皮鞋的是行人,不是马路,也不是马桂兰,摆在哪里都是一样的,何必挣小钱生大气呢?但李梦雅坚决不答应,她瞪大眼睛说,凭什么让马桂兰那个泼妇?说马路有马,但不姓马,马路更不是马桂兰铺的。说詹旭东没有经济头脑,不会算账。说黄河路上的人流量就是大,生意就是比其他地方好得多。最后,李梦雅铿锵有力地说,就是要和马桂兰斗到底。

詹旭东做梦都想不到李梦雅和马桂兰会和好,以至于詹旭东有天开门看见马桂兰笑盈盈地立在门口,以为马桂兰是带着胜利者的姿态来兴师问罪的。不知李梦雅和马桂兰之间发生了什么坏事的忧心,不知如何应对女性讨伐的昏沉,令詹旭东愣在原地,忐忑不安。

詹旭东听见李梦雅亲热地说着"是马大姐吧,快进来,快进来",看见李梦雅一溜碎步跑出来迎接,詹旭东虽丈二和尚摸不着头脑,但也为她们和好心安。詹旭东见李梦雅把马桂兰带进了厨房。詹旭东怕礼貌不周,引发马桂兰的不快,特地走进厨房,请马桂兰到客厅坐坐。但李梦雅和马桂兰仿佛约好了似的,都用微笑拒绝了詹旭东的好意。詹旭东在马桂兰走后,还让李梦雅以后要在客厅招待马桂兰,说这样才礼貌,才让马桂兰没有闲话,但李梦雅笑而不语。詹旭东还想知道她们怎么和好的,但李梦雅还是笑而不语。

詹旭东也没想到自此以后,马桂兰会天天晚上来自己家。詹旭东虽然不知道李梦雅和马桂兰说些什么,但知道她们是刻意避开自己,才总是躲在厨房里悄声说话。詹旭东常常看见马桂兰神情专注地说着,李梦雅凝神皱眉地听着;或看到两人目光兴奋,相视而笑;有时他还会看见马桂兰帮着李梦雅擦油烟机、擦煤气灶,一道洗碗,一道择菜。詹旭东觉得场面温馨,但也觉得李梦雅不该让马桂兰帮着做家务。詹旭东为此说过李梦雅,但李梦雅总是笑而不语。马桂兰总是深更半夜才走,走进一片夏虫声的夜色里。

詹旭东想不通她们哪来这么多的话要说,想不通她们还有什么说不清和道不明的。詹旭东知道她们的摊位并排摆到了一起,成天说话。詹旭东想从李梦雅嘴里知道她们说些什么,但李梦雅依旧笑而不语。詹旭东若追问,李梦雅要么笑着走开,要么说大男人管女人之间的事情真无聊。

詹旭东想不通李梦雅为什么对丈夫还要保守她和马桂兰之间的秘密,他又想到女人好嚼舌头,提醒李梦雅不该说的话别说,说她们以前是冤家对头,省得闹翻后,又陈芝麻烂谷子满天飞。李梦雅不仅听不进去,还让詹旭东少说马桂兰的坏话,说马桂兰不仅是个好人,还是个值得自己感恩的大好人。说她从来就没把马桂兰视作冤家对头,说詹旭东小心眼,呛得詹旭东摇头说不出话,直觉得天下事无理,怪自己多事。

一天,詹旭东刚进家门,就被一脸喜洋洋的李梦雅拽到沙发上。李梦雅两眼放光,说她找到一条发财的路了,说她只要沿着这条路开始走,走下去,发财是顺理成章的,不发财倒比登天还难,说詹旭东现在不会相信,但三年之后,等詹旭东过上了有钱有闲的舒适生活,想不相信也不行了。说得詹旭东不时地望望天花板,或从窗口望向远处的天空,目光空洞。

詹旭东问李梦雅凭什么发财,凭什么说不发财却比登天还难。李梦雅又是笑而不语。詹旭东又问这些是不是和马桂兰有关。詹旭东觉得多此一问,他压根不相信马桂兰是个与发财有关的人。詹旭东只是联想到李梦雅和马桂兰总在厨房里说悄悄话,脱口而出的随意一问。詹旭东得到的,仍是李梦雅的笑而不语。詹旭东吃过追问的亏,也不再多言。

詹旭东起初不反感马桂兰天天来自己家,但时间一长,詹旭东觉得马桂兰打乱了自己的生活。比如,影响了他和李梦雅惯常的亲热时间和亲热程度。詹旭东常常在李梦雅上床时,已经昏昏欲睡,即便还有精神头,不是遭遇李梦雅的哈欠连天,就是李梦雅沉浸在和马桂兰谈话的情境里,依旧眼含畅想的光芒而心不在焉。

詹旭东劝说李梦雅不要天天都和马桂兰聊到深夜,说这样打搅了他们的生活。李梦雅没觉得生活受到影响,对此的反应是愣了愣,向詹旭东投去问询的目光。詹旭东先没有直说理由,而是想到李梦雅思想传统,说天热,因为马桂兰来,自己总得穿长裤,不好意思穿三角短裤。詹旭东见李梦雅没反应,又补充说自己被捂得实在难受。詹旭东见李梦雅又是笑而不语,才说出自己的理由。詹旭东胁肩谄笑凑近李梦雅,说比如影响了他们的夫妻生活,但李梦雅轻描淡写地一笑,说詹旭东没出息,说詹旭东就知道这个,根本不把詹旭东的话当回事。

詹旭东越来越抱怨李梦雅不理解自己,越来越讨厌马桂兰做人没分寸。詹旭东想到为了满足马桂兰和李梦雅的胡吹乱侃,忍耐太不值得了。詹旭东对马桂兰的态度,由不理不睬发展到白眼相向。但马桂兰依旧亲热地喊詹旭东"大哥",依旧天天晚上来到詹旭东的家,依旧深更半夜才走。詹旭东厌恶马桂兰脸皮比城墙还厚,但詹旭东又被马桂兰亲热的"大哥"声,喊得浑身发毛,心里发蒙,木在原地不知所措。詹旭东郁闷,觉得马桂兰像讨厌的苍蝇,甚至想到苍蝇就会想到马桂兰,想到马桂兰就会想到苍蝇。

一天深夜,詹旭东和李梦雅结束了夫妻生活。詹旭东终于从李梦雅的嗲声嗲气中,知道了李梦雅和马桂兰和好的原因,马桂兰发展李梦雅做她的直销下线;李梦雅说的想不发财都难的发财之道,是跟着马桂兰去做 P 公司价格昂贵的保健品推销。詹旭东顿时火冒三丈。

詹旭东本来就看不起马桂兰,厌恶马桂兰。詹旭东也早就知道 P 公司,见识过 P 公司保健品推销员的死缠烂打。詹旭东在单位里,经常看到这些推销员拎着印有 P 公司字样的袋子,见人就笑。只要有人稍稍搭理他们,哪怕是平平常常看他们一眼,他们就会抢步上前,滔滔不绝地鼓吹 P 公司保健品的种种好处。他们只要不受到呵斥,就会一直哗哗啦啦讲下去。即便别人上厕所,他们也会紧紧跟随,从不顾及别人是不是愿意听。詹旭东单位里的人,只要看到 P 公司的推销员,不是像轰"苍蝇"一样驱赶他们,就是从办公室里集体逃跑。即便这样,那些推销员第二天仍会拎着印有 P 公司字样的袋子,笑眯眯地出现在詹旭东的单位。詹旭东深刻厌恶这些见人就笑、见人就熟、死皮赖脸纠缠人的"苍蝇"。詹旭东做梦都想不到李梦雅也将成为这种人,他觉得世界真荒唐。

詹旭东腾地在床上坐起,居高临下瞪着眼睛对李梦雅说,猜到你们肯定有鬼名堂,否则没必要躲着我。难怪她和你和好,天天来烦人,低三下四帮你干家务,原来早就心怀鬼胎,都是我大意了。我警告你,不要再跟她来往。

李梦雅笑了,说,马大姐早就猜到你不会同意的,还猜到你会说她坏话的,所以让我先不向你透露实情的。

詹旭东说,少提这个身材像山芋、还满脸皱纹的"苍蝇"。

李梦雅不笑了,说,马大姐只是让我信心坚定后,才告诉你实情,这是沟通技巧。又没得罪你,张口闭口说人家是苍蝇,有意思吗?

詹旭东说,还好意思护着她,欺骗老公是技巧啊,洗脑洗得家里家外也不分了。

李梦雅冲詹旭东翻了记白眼,说,我觉得你过分,一个大男人,不要老讲人家坏话好不好?马大姐是我的引路人,没有她告诉我这么好的机会,我以后也不可能过上有钱有闲的舒适生活,我很感激马大姐的。

詹旭东说,丑鬼苍蝇下套诓你,你还傻不拉几感激她,你真是被她洗脑了。我亲眼看到人家应付丑鬼苍蝇两块五的擦鞋费,给了她十块整钱,结果她掰着手指算了半天,还是找了人家八块五,就这还能带着别人一道发财?你相信啊?

李梦雅冲詹旭东翻了几记白眼,说,人又不是神,哪个没有算错账的时候?真会大惊小怪。李梦雅说完,望向天花板上的吊灯。

詹旭东说,P公司上线发展下线,就是拉人头,就是国家要抓的传销,除了逮一个算一个的传销团伙,你跟着她做传销的结果只有一个,就是被警察一锅端,鸡飞又蛋打。

李梦雅腾地坐起身,瞪着眼睛望着詹旭东,说,不懂不要乱说话,人家P公司是全球最大的保健品生产商和经销商,光资产就有一千九百亿美金,是国家正式承认的直销公司,不然全国各地也不可能开那么多家营业部。

詹旭东愣了愣,没吭声,他对这些毫无所知。

李梦雅昂了昂头,说,P公司的奖金制度,是P公司重金邀请五十位世界顶尖的经济学家设计的,不仅公平合理,还最人性化,只要肯干,就没有不发财的道理。我再告诉你,我和马大姐都是跟着P公司做,不是跟着哪一个人。

詹旭东把脖颈伸长,瞪着眼睛,脑袋凑近李梦雅,说,吹,往大里吹,往神里吹,我又不是没见识过P公司的推销员,他们个个都是被人随意驱赶的"苍蝇",丢人又丢份,你也想这样,你不怕丢人丢份,我还怕呢。

李梦雅也伸长脖颈,瞪着眼睛,凑近詹旭东,说,你怎么好意思说丢人的? 我天天在人来人往的大街上替人擦皮鞋,遭人冷眼白眼,你怎么不嫌丢人了?

詹旭东愣了,想到人来人往的黄河路上,李梦雅低头弯腰,手脚麻利,为顾客呼呼擦鞋,明显比行人和顾客矮一截的场景;想到炎炎夏日李梦雅大汗淋漓擦鞋的样子,詹旭东的眼睛虽然瞪着,但顿失锋锐。

李梦雅说,日晒雨淋,寒风酷暑,你去试试。

詹旭东看到李梦雅的眼圈红了,看到李梦雅与实际年龄不符的苍老,也看到家里狭促的空间、泛黄的石灰墙壁,以及那台像黑狗一样蹲着的旧彩电,詹旭东愧疚了。詹旭东缩回脑袋,不再吭声。

李梦雅说,我们穷了一辈子,一定不能让儿子再受穷,一定要让儿子过上有钱有闲的好日子。

詹旭东望向油漆剥落的大衣橱,不吭声。

李梦雅说,一个人无法放弃过去的无知,就无法走进智慧的殿堂,想要获得财富,首先要有追求财富的欲望。

詹旭东颇感惊讶地望了望李梦雅。詹旭东相信不读书不看报的李梦雅是说不出这种话的。他想到李梦雅是从马桂兰那里学来的,顿时气上心头,心想,你个傻瓜,放弃过去的无知,就能走进智慧的殿堂啊? 就不能再次走进无知啊? 甚至更无知啊? 想要获得财富,和追求财富的欲望,只是一个意思的两种说法,这都分不清,这么容易被洗脑。詹旭东后悔给了马桂兰那么多天为李梦雅洗脑的机会。

詹旭东如今不相信名人名言,甚至听到它们就头昏。詹旭东曾经百分百敬服名人名言,觉得它们都是至理。詹旭东曾是那么相信它们,以为它们像一根指路的食指,以为沿着指向前行,人生就走对了道路,人就活对了。但多年后,詹旭东才知道名人名言都是夹带说话人经历和阅历的偏见。人与人不同的智力体力,不同的天生性格,不同的生存环境,不同的命运际遇等等,太多的不同,致使名人名言的正确性,最多属于说话人自己的正确性,这当然还不包括说话人的信口胡诌。詹旭东更知道人间的道理是说不清的,否则也不会出那么多彼此否定的哲学家了。

李梦雅说,选择大于努力,人的一生不在于努力和奋斗,而在于选择。

詹旭东再次惊讶地望了望李梦雅,心想,还没努力和奋斗,怎么判定选择带来的结果,人又不是神,人生会有那么多随意选择的机会吗?

李梦雅说,这么多年来,你这么用功读书写作,可结果又怎么样了?家里还是穷得叮当响。

李梦雅击中了詹旭东的痛处。他最大的梦想是当个有名的作家,既挣钱不累,又能让老婆孩子过上舒适的生活。詹旭东为了实现这个梦想,几乎投入了上班之外的所有时间,坚持了将近三十年,但詹旭东不仅至今无名,发稿艰难,还因长期的伏案,得了严重的颈椎病,浑身散溢难闻的膏药味。詹旭东还想到儿子咬牙切齿说出厌恶读书的样子,说他就是看到自己的爸爸天天努力读书和写作,结果挣钱还不如小区门口卖煎饼的老太太,依旧属于穷人。詹旭东脑袋耷拉,不吭声。

李梦雅双手抓住詹旭东的一只胳膊,柔声说,人生不怕重来,就怕没有未来,人要与时俱进。

詹旭东心想:人生的道理还需要你告诉我,你哪能想到与时俱进里蕴含多少玄妙复杂呢? 人生又哪有那么多一次次可以重来的机会啊? 詹旭东想到自己在大冬天里孤零零坐在写字台前,冻得浑身冰冷,内心因无法写出东西的焦躁不安;想到至今在市作协每年的年会上,一把年纪的自己,不仅不受人正眼待见,还与任何获奖或表彰无关,坐在会场旮旯的场景。詹旭东顿生自怜,不想吭声,脑袋耷拉得更低,仿佛是挂在脖颈上的一个葫芦。

李梦雅说,写不出名堂,又挣不到钱,还天天心事重重愁眉苦脸,活得那么累,实在不值得,干脆不写了,实实在在和我一道推销P公司的保健品,为儿子挣钱去。

詹旭东一把推开李梦雅的手,伸直脖颈,瞪起眼睛,说,P公司是不是国家打击的传销组织,我不管,但我就是穷死饿死,都不会去当一只惹人轰赶的"苍蝇",你也想让我上当啊? 你趁早少做这个梦,死了这条心。

李梦雅说,我们是夫妻,我怎么可能骗你上当? 推销P公司的保健品,是把好东西推荐给大家,帮助他们提高身体素质,是在做好事,又不是害人坑人。至于别人误解,只能说明他们无知。

詹旭东说,想挣别人的钱,还说帮助别人,人家不买,就说无知,有点无耻了。当我是三岁小孩啊？你不愿摆鞋摊可以不摆,我本来就不想让你摆的,你在家闲着,我也不会怪你,但就是不许做 P 公司的推销员,丢人丢到家。

李梦雅看看詹旭东,忽然脸上有了笑意,说,实话告诉你,P 公司规定交了三千块门槛费的会员才有资格推销产品,否则推销再多产品也没用,我已经是会员了,不可能不做了。

詹旭东腾地挺直腰说,你交了三千块,你傻啊?!

李梦雅说,又不是白交钱,人家会给我价值三千元的保健品,你不是老说精力不如从前吗？正好吃吃这些好东西,增强免疫力,提振精神,治疗你的颈椎病。

詹旭东说,我看你真是被洗脑洗昏头了,洗呆了,居然花三千块去买这些垃圾。保健品能包治百病,还要医院和医生干什么？牛皮吹得比天大的保健品,还不如抵饱的大饼。

李梦雅说,你才呆呢！吃不起这些好东西,就不要乱讲人家坏话。马大姐老公弟弟的颈椎病也很厉害,不比你轻,就是吃这些保健品吃好的;马大姐家隔壁的张大妈,糖尿病多年,也是吃了这些保健品血糖正常的;还有马大姐……

詹旭东打断李梦雅,说,去去去,他们讲的"神话故事",你也相信啊？傻啊。

李梦雅说,不是"神话故事",都是我亲眼见到的事实,你为什么不相信科学？P 公司卖了这么多年的保健品,如果像你说得这么没用,怎么会卖到现在？P 公司年年的销售额都是天文数字,难道吃 P 公司保健品的人都比你傻啊？

詹旭东说,你们俩只是擦皮鞋的,属于最底层的,P公司居然收入囊中,抛开是不是国家打击的传销不谈,他们无孔不入的触角也伸得实在太长,真是歹毒又有技巧。

李梦雅说,不懂不要乱讲。我再次告诉你,这是国家允许的直销!

詹旭东看看李梦雅,没吱声。

李梦雅说,直销将商品直接从厂家送到消费者手中,省去了吃掉消费者血汗钱的层层流通环节,还送货上门,不仅替消费者省钱,还方便了消费者。直销将是未来最热门的行业,外国早就发展得红红火火了,许多经济学家都预言二十一世纪将是直销的世纪,全球将有四分之一的人从事它。你假如看懂了,就会知道我为什么会选择P公司,就会明白我为什么要发财了。

詹旭东说,我只知道无商不奸,少扯其他。

李梦雅说,这叫双赢。李梦雅说着,回身从床头柜的抽屉里拿出一摞印刷精美的画册,往詹旭东的手里一塞,说,先不要自作聪明、自以为是,了解了解再说话,你就知道人家P公司有多么人性化,我加入它后,会有多么好的发展前景了。

詹旭东草草翻看了后,说,全是王婆卖瓜,自卖自夸的无耻,全是用成功人士富裕生活作诱饵的骗术,骗你们这样的无知之徒上当。天上不会掉馅饼的,商人的狡诈远非你们这种没文化的脑袋可以想象。

李梦雅也再次腾地挺挺胸,伸长脖颈,瞪起眼睛望着詹旭东说,不要以为我不知道你的心思,你撅撅屁股,我就知道你想干什么,你不就是心疼三千块钱吗?你浪费的钱还少啊?你说你股票亏了多少钱?

詹旭东一愣。

李梦雅昂了昂头,说,心虚了吧?

詹旭东说,我亏,是运气不好,是没买对股,是没办法,但只要我的股数没减,只要放着,总有上涨赚回来的时候,总比你被别人骗,买回一堆垃圾强。

李梦雅说,你总有理,天下的道理都是为你立的,明明自己愚蠢,还找理由。P公司不仅不骗人,不害人,给每个人一个平等的发财机会,还特别为穷人考虑,给了穷人翻身致富的机会。只要交三千块的门槛费,况且还不是白交,能拿回这么好的保健品,能走上想不发财都难的康庄大道,正是体现人家P公司的先进性和仁慈心。

詹旭东把画册往李梦雅的怀里一丢,指着李梦雅的鼻尖说,去去去,P公司是拯救人类的上帝啊?画册精美有屁用,花钱就印得出。我再说一遍,P公司的商人也是商人,他们不会也不可能比其他商人好,人性都是一样的。

李梦雅一把打开詹旭东的食指,说,画册上都是做了保健品发财的富豪,不是诱饵,是激励人奋进的榜样。P公司的商人就是好,所以开了百年依旧兴旺,还会越来越红火,加入的人越来越多。

詹旭东说,就算P公司像你说得这么好,你根本就不认识经济条件好的人,根本就没有能够买这么贵保健品的人脉,你把东西卖给谁?你考虑过没有?

李梦雅说,世上无难事,只怕有心人,更怕用心人,最怕勇往直前的人,只有提升心境才能改变环境。

詹旭东说,放屁! 不许做!

李梦雅说,你放屁! 就要做! 非要做! 做定了!

夫妻俩大吵一架。

第二天,詹旭东见李梦雅像往常一样早早起床,以为李梦雅会做好早饭,和自己一道吃了后,再由自己骑着电动车送她到黄河路。詹旭东听到家里响过李梦雅的脚步声、洗漱声和拿塑料袋之类发出的声音后,传来了大门重重关上的砰的一记响。詹旭东以为李梦雅去扔垃圾了。过了一会儿,詹旭东不见李梦雅回家,又以为李梦雅今天早晨懒得做早饭,像往常一样到小区门口买现成的了。

詹旭东起床洗漱后,坐进沙发里,跷着二郎腿,像往常一样看着电视里的财经新闻,等待早餐。詹旭东要上班,还要读书写作,总觉时间不够用,很少染指家务。李梦雅以前非常支持詹旭东读书写作,她不仅不让詹旭东做家务,还怕吵闹到詹旭东,但凡发出稍大声响的家务活,都尽量趁詹旭东不在家时做好。李梦雅教育儿子要好好读书,常让儿子学习詹旭东的读书劲头。有时还说她正是喜欢詹旭东的才华,才嫁给了詹旭东。詹旭东那时在单位的小报上发表了豆腐块大小的文章,得了五块钱稿费,李梦雅都会喜气洋洋地仔细阅读,会用赞赏的目光望望五块钱,再望望詹旭东。但现在,李梦雅只是觉得詹旭东的读书写作之举,比隔壁的张继伟成天喝得醉醺醺的好,比楼上的李大刚没日没夜打麻将强。詹旭东即便在省刊发了个短篇小说，李梦雅也只会撩一眼几百块钱稿费，要么转身忙事情，要么叹息不值得。李梦雅已经不在乎詹旭东能否写出名气了，只嫌读书写作太辛苦却挣不到钱。

詹旭东皱着眉头看电视，他在等财经新闻，也在等李梦雅的早饭。詹旭东看到股评家就皱眉，起初以为他们是金融专家，又在股市里摸爬滚打多年，应该具备一定的分析和判断能力，听听他们的话，对自己炒股总是有好处的。但事实上，他们只能是马后炮，跟自己一样无法预料股市的涨跌。詹旭东想到这些金融专家学过那么多经济学理论，却无法看到与经济相关的活动轨迹，更觉得没有适合人间的至理。詹旭东每每看见这群衣冠楚楚，又总是判断错误的股评家仍然好意思上电视，仍然继续作判断，就觉得生存不易，觉得人间空话太多。詹旭东懒得听这帮家伙胡诌，但财经新闻要在股评家胡诌后才有。詹旭东麻木地望着股评家不停说话的嘴。

詹旭东看完财经新闻，仍未看到李梦雅的影子。平常这时候，已是詹旭东早饭的尾声，预示着他即将出门上班。詹旭东有点心烦了，他不时地望望墙角那只摆放擦鞋工具的铁皮盒。詹旭东很想知道李梦雅到底在哪里，但因昨晚的不快，他不愿打电话。詹旭东一直等到自己再不出门就会上班迟到时，才满心狐疑，一头恼火，悻悻出门。

詹旭东早晨的恼火还未消尽，傍晚下班回家后，没看到李梦雅的身影，没闻到饭菜的香味，只望见空无人影的房间、静默的家什。静默在墙角那只摆放擦鞋工具的铁皮盒仍在，位置上没有移动过的迹象,詹旭东知道李梦雅今天没到黄河路上摆摊。他倒不在意李梦雅摆不摆摊,但在意李梦雅没烧饭。詹旭东虽然今天在网上了解到P公司是国家承认的直销公司,李梦雅没有违法被抓的麻烦,但他恼恨那种丢人的销售模式。詹旭东想到李梦雅跟着马桂兰后面丢人现眼,情不自禁拨通李梦雅的手机,语气硬邦邦地问她在干什么。李梦雅说了声"我忙,你自己下面条吃",就挂了电话。

詹旭东从未受到李梦雅的这种对待,他很恼火,不服气地望了望手机,再次拨通李梦雅的电话。李梦雅又说了声"在忙,自己吃",就又挂断了电话。

詹旭东再次望了望手机,觉得对方不像李梦雅。他不服气地再次拨通李梦雅的电话,李梦雅直接掐断电话。詹旭东恼火至极,恨不能一把把李梦雅抓到眼前。詹旭东再次用力按向手机拨号键,得到的仍是李梦雅的掐断。詹旭东更加恼火,但更为李梦雅的变化感到不适应,感到无能为力。

詹旭东立在原地傻了片刻,觉得家里的昏暗让自己憋闷。詹旭东打开灯,接着他像寻找依靠似的坐进沙发里。詹旭东连抽了两支烟,呆望着家什,呆望着窗外渐黑的天空,也不时地望望静默在墙角的那只铁皮盒,希望它是撒欢的小狗。

詹旭东无奈地走向冷冷的锅灶,觉得家里异常冷清,觉得自身的温暖无法驱除这份冷清。其实他不在乎李梦雅做不做饭,是嫌家里少了惯有的温暖氛围。詹旭东在恼火中煮面、吃面。之后,詹旭东很想看书或写作,但他恼火得看不进书,更无法写作。詹旭东又坐进沙发里看电视,但满脑子都是李梦雅跟着马桂兰推销P公司保健品,遭人冷眼白眼,乃至驱赶的景象。詹旭东越想越气,没看进电视上的内容,只觉得电视机像一件活动的家什。

詹旭东一直在沙发上等到将近深夜十二点,才听到李梦雅用钥匙开门的声音。这一刻,詹旭东觉得自己恼火顿消,或者说,是忘了心中的恼火。詹旭东下意识觉得这是他期待的开门声,是令自己感到温暖与踏实的开门声。詹旭东仿佛看见李梦雅进门后的微笑,以及自己望向李梦雅的那份家人般的目光,但最先映入眼帘的是李梦雅手上拎着的印有 P 公司宣传的蓝色袋子,詹旭东顿觉浑身冒火,他冷冷地望着进了门的李梦雅,张大眼睛说,你干什么去了?

詹旭东看见李梦雅笑容满面,听见李梦雅高兴的声音,老公,马大姐人真好,也真能说,一直帮我和一个人沟通到现在。

詹旭东听到"马大姐"三个字,火上浇油,瞪大眼睛说,不要在我面前提她!

李梦雅走到詹旭东面前,说,今天沟通的那个人,已经动心了,说再考虑一下。他要是加入,也成为会员,就是我的下线,我就能挣四百,比替人擦皮鞋不知强多少倍,还是跟着 P 公司好。

詹旭东说,你就去丢人现眼吧。

李梦雅依旧笑容满面,说,今天吃了什么?老公辛苦了。

詹旭东起身关掉电视,上床睡觉了。

李梦雅来到床边,对詹旭东说,老公,我们这样的条件,不挣钱哪行呢?

詹旭东闭着眼睛不吭声。

李梦雅说，我以后不在家，你要照顾好自己。

詹旭东睁开眼，望着李梦雅，冷冷地说，没你我还不活了？

李梦雅没吱声。

詹旭东瞪起眼睛说，你继续去当苍蝇，遭人白眼，继续丢人。

李梦雅火了，瞪起眼睛说，你还来劲了是不是？我挣钱有错啊？若不是马大姐为了让你支持我的工作，劝我脾气好点，我才不会搭理你这套，凭什么饭就一定我烧？你没长手啊？

詹旭东冷冷地看看李梦雅，没吭声。

李梦雅说，你以为我想出去奔波啊？有本事你出去挣钱，我保证天天烧饭给你吃。没吃到现成的，就该发火啊？我欠你的啊？我这辈子就该伺候你啊？

詹旭东瞪着李梦雅，不吭声。

李梦雅昂昂头，挺挺胸，望着天花板上的吸顶灯，说，一个女人，没有思想、经济和能力的"三独立"，肯定是个失败的女人。

詹旭东说，你相信那些狗屁道理，要闹独立，滚到外面去闹，我明天要上班，现在想睡觉，要睡觉。

李梦雅再次昂昂头，挺挺胸，目光从吸顶灯移向詹旭东，说，世界上最伟大的力量是爱，最有力的武器是感动。

詹旭东说，少神经兮兮，我要睡觉。

李梦雅说，听取他人的意见是进步的起点。

詹旭东说，你有完没完？我的起点是睡觉。詹旭东说完，翻身背朝李梦雅的时候，轻声自言自语，你进步的起点就是神经兮兮。

李梦雅说，有多大的心胸，成就多大的事业，我懒得和你计较。

李梦雅说完，走出卧室。

詹旭东抬起头，目光追着李梦雅的背影，说，被"丑鬼苍蝇"洗脑的呆货。詹旭东说完，后悔真不应该让马桂兰进门。

李梦雅已经走到卧室门口，突然转身，怒视詹旭东，说，我已经让你了，你还蹬鼻子上脸啦。

夫妻俩大吵一通。

李梦雅不再到黄河路上摆摊，一头扑在推销 P 公司保健品上。李梦雅天天早晨拎着印有 P 公司的宣传袋出门，不到深更半夜不归家。李梦雅觉得挣钱是家里的正事和大事，不仅不管詹旭东的态度，还一副雄赳赳气昂昂的样子。

詹旭东觉得消失了的马桂兰，不仅带走了李梦雅，还带来了李梦雅早晨拎着 P 公司宣传袋的讨嫌状，带来了他们夫妻深夜吵架的惯性，带得家里没了家的温馨。时间稍久，詹旭东觉得每个早晨就是自己生气的时间，每个深夜就是与李梦雅吵架的时间，他觉得没劲透了。詹旭东再想到马桂兰，恨得咬牙切齿，觉得马桂兰简直就像他听说过的巫婆。

詹旭东在白天，偶尔也会看到李梦雅在家，会看到李梦雅眉飞色舞地说着，看到三个脸上挂满艰辛的妇女围坐在桌边，目光中或狐疑，或兴奋。詹旭东认识她们。詹旭东上班的路上，总会看见她们在路边卖烤山芋、卖锅巴、卖大饼的身影。詹旭东想到人以群分，想到她们即便做了令人讨厌的"苍蝇"，也没人脉把昂贵的保健品生意做起来。詹旭东觉得可笑又可气，他虽然不快，仍微笑着朝她们点点头。但她们前脚走，詹旭东就对李梦雅说，你的生意丢人,还害人,人家都是做糊口小生意的,你发展她们干什么?

李梦雅昂首挺胸,一句接一句,说,只要相信奇迹,奇迹就一定会发生;说,财富永远属于勤奋的人;说,人不怕贫穷,怕就怕不去改变;说,千错万错都是自己的错,千变万变不如自己改变。与其让生命生锈,不如让生命发光发热,我是在鼓励她们改变命运。

詹旭东望着李梦雅,越听越不是味,眼睛也越瞪越大,忍不住吼着说,神经病!

不久,詹旭东觉得李梦雅真像是得了神经病,只要与她对话,李梦雅不仅声音响亮,还大话套话一句接一句。比如,詹旭东说,你天天跑出去丢人害人,可挣到钱了?

李梦雅会说,成功永远属于有准备的人。

比如,詹旭东说,你们动不动花钱花精力跑到外地去,听所谓的成功人士讲课,有必要吗?

李梦雅会说,千点万点不如名师一点,要做个最好的领导者,必须先做个最好的跟随者。

比如詹旭东和李梦雅难得亲热时,李梦雅也是声音响亮,说,珍惜才能拥有,感恩才能天长地久。或说,不独立的女人,没有爱情的小屋。或说,女人最大的价值,就是要经营出自身的魅力。说得詹旭东兴趣大失。

詹旭东还有更头昏的时候,即便他什么也不问,甚至懒得和李梦雅搭腔,李梦雅也会主动开腔。李梦雅的目的,是希望詹旭东也加入保健品推销的行列中。比如,李梦雅说,踏出的脚步大小并不重要,方向正确最重要。

比如,求名当求万世名,求利当求天下利。

比如,成功属于今天比昨天更有智慧的人,属于今天比昨天更加慈悲的人,属于今天比昨天懂得爱的人,属于今天比昨天懂得生活美的人,属于今天比昨天懂得宽容的人。

比如,鼓励让白痴变天才,批评让天才变白痴。

比如,成功的秘诀,是复杂的事情简单化,简单的事情重复做。

詹旭东觉得生活中少了老婆,多了躲不掉的高音喇叭。詹旭东希望李梦雅不要回家,省得生气。

詹旭东没想到李梦雅还有更令自己厌烦至极的举动出现。李梦雅不仅每天早晨出门前对着大衣橱镜子,大声说十遍"我肯定能成功"!深夜上床前,也要这么大声说十遍。假如詹旭东说李梦雅神经病,李梦雅会昂首挺胸说,如果你不能,你一定要,你要,你就一定能。或者说,成功从鼓励自己开始。或者说,拥有强烈的自信心,是成功人士的特征之一。

詹旭东觉得李梦雅被洗脑洗成一块僵硬的石头,觉得日子实在过不下去,要与李梦雅离婚。

李梦雅第一次听到"离婚"二字,先是愣了愣,但接着就头一昂,大声说,成功男人背后肯定有一个默默付出的女人,但成功女人的背后,肯定有一个扯后腿的男人。说时代不一样了,男女都一样。说夫妻没有互相尊重与平等,必定是一方奴役另一方的。说靠山山会倒,靠人人会跑,靠自己最牢靠。说女人的独立从拥有财富开始。说得詹旭东把门一关,晚上住进了旅馆。

詹旭东是在一个忍无可忍的早晨,吼了声"你哪里还像个女人,离婚,现在就离婚,走,去民政局,马上就离婚"。詹旭东边说,边拉着李梦雅去民政局。

李梦雅先是一愣,接着打开詹旭东的手,头一昂,胸一挺,一句接一句,说,离婚是不幸婚姻中的女人走向幸福生活的开始;说,与其苟且和低能男人守着劣质婚姻,不如放飞自己;说,离婚不可怕,可怕的是自己不知道自己想过什么样的生活。李梦雅这么说着,大踏步紧随怒气冲冲、一声不吭的詹旭东走向民政局。

李梦雅是在民政局大门口突然停下脚步,蹲下身,双手捂脸,呜呜大哭的。

詹旭东出门后,走进灿烂阳光中,有些后悔,心想自己的心境是不是狭隘了?詹旭东途中几次都想停下脚步,但都因想到李梦雅历历在目的可憎,狠下心,硬着头皮往前走。詹旭东的余光几次扫视李梦雅,都看见李梦雅雄赳赳气昂昂的样子,更觉得有股力量拉着自己往前走。詹旭东没想到李梦雅会停下,会哭。詹旭东愣了愣,停下脚步望着李梦雅。他看见李梦雅的双手,在阳光的明亮里,粗糙如揉皱了的纸,看见李梦雅头顶上的几缕白发,看见李梦雅衣服的色泽发旧而失去了本来的鲜艳。詹旭东心里一惊,仿佛自己第一次看到。詹旭东想到李梦雅平素的节俭和操劳,他不禁有些心疼。詹旭东正想着,身后传来了汽车的喇叭声,一回头,看见轿车里的少妇望着自己。詹旭东让路的同时,想到同样是女人,李梦雅不仅没有汽车,连电动自行车也舍不得买,至今只骑自行车。詹旭东想到李梦雅跟着自己这么多年,不仅从未享受过众人眼中的好东西,还为了家辛苦操劳,心生一丝愧疚。詹旭东又想到李梦雅的弟媳何丽霞,成天吃现成的喝现成的,还嫌这不好那不对,成天发牢骚。詹旭东想到李梦雅推销 P 公司的保健品后,即使再晚,都舍不得在外买了吃,都是回家吃点面条。詹旭东情不自禁地说,起来,走,回家。詹旭东的手轻轻触摸李梦雅头上的白发。

詹旭东见李梦雅没动,又稍稍用点力按了几下,见李梦雅依旧没动,他双手拉起李梦雅,把她搂入怀里。

李梦雅从詹旭东的怀里挣脱出来,擦了擦眼泪,说,我投下的三千块本钱还没回来。

詹旭东说,算了。

李梦雅说,我不甘心。

詹旭东说,算了,就当被偷了,好好过日子才重要。

李梦雅说,你狠,你记好了。李梦雅说完,大踏步向家走去。

詹旭东追上去,笑着搂住李梦雅。

李梦雅说,我叫你笑,笑,笑!李梦雅说着,在詹旭东的胳膊上一通乱掐。

詹旭东啊哟一声,继续笑。

李梦雅说,都怪你这个臭男人鼠目寸光,当初叫你贷款再买一套房子,你不听,你看看现在的房价涨得还得了,高得我为儿子以后的房子愁得发昏;当初叫你不要买股票,你又不听,结果呢,人家经历了大牛市,个个挣到钱,就你到现在还亏两万,真不知道你为什么这么蠢,你这个只会败家的东西。

詹旭东笑而不语。

詹旭东不是不想贷款买房,他是不愿伸手向他人借首付款。

詹旭东对李梦雅说过这个理由,李梦雅也理解了。但李梦雅对詹旭东一有怨气,就只想到詹旭东没买房的事实。詹旭东炒股,是没听李梦雅的话,因为他不相信自己会亏,觉得自己能赚的。詹旭东其实对炒股一点兴趣也没有,是实在没有生财之路,才想炒股挣钱。詹旭东炒股亏钱,也始终成为李梦雅释放怨气的通道。

李梦雅说,臭男人没挣钱的本事,却还多事。

詹旭东笑而不语。

李梦雅说,我恨死你了,要是早和你离婚,也穷不到现在了。说完,又在詹旭东的胳膊上掐了一把。

詹旭东笑而不语。

李梦雅说,你读书写文章比我聪明,我承认,但理财方面,你比我差得远,你承不承认?

詹旭东一笑而过,搂紧李梦雅。

李梦雅又在詹旭东的胳膊上掐了一把,说,臭男人,算你狠!

检　查

　　孔明老婆首次产前检查的那天,孔明陪她到市妇幼保健医院,走向妇产科。孔明的双手插在裤兜里,微皱眉头,望着蓝天里的一块白云。他的目光不是一根射线,还看到迎面而来和超到自己前方的行人和车辆;看到松树、企鹅形状的垃圾箱、楼房,移向身后;看到老婆昂着公鸡般挺刮刮的头,迎风招展的一脸幸福。

　　孔明皱眉头,是担忧老婆的隐私会毫无遮拦地暴露在男医生的目光里。孔明只要想到老婆在穿着白大褂的男医生的注视下,脱去长裤内裤,躺到床上,张开雪白浑圆的双腿,彻底暴露隐私处,就觉得暗处仿佛有射不完的箭射向自己,就会深憋一口气,双手胀满劲道,恨不能一巴掌拍碎什么。

　　孔明相信没有男人愿意老婆的隐私处暴露在其他男人的眼中,相信没有暴露癖的女人,也不愿男医生看到她们的隐私处。孔明认为出于对男人和女人的尊重,妇产科里就不该有男医生。他不相信一件白大褂,即一块白颜色的布,能改变男医生的本性。孔明认为这样的逻辑若成立,那么披着羊皮的狼就是羊。他觉得医生和总统、教师等,统统是名词,它们像个空口袋,填装的只能是人性。孔明不否认女性的隐私处,与她们的眼睛、鼻子、耳朵,都只是器官而已,但孔明知道人不仅仅是器官的组合物,还有精神意义的文明,其中包括保护隐私,包括男女有别,因此厕所、浴室等地方才会隔离男女。孔明也想到医生救死扶伤的一面,但不愿想下去。孔明认为妇产科里都是女医生也一样能解决问题,更认为妇产科有男医生,属于人类集体犯蠢。孔明想到万众欢呼希特勒的图片,感慨人类集体犯蠢太多,以前有,现在有,将来也会有。

孔明更不愿老婆在这家医院做产前检查和分娩。

三个月前,孔明邂逅了十八年未谋面的初中同学曹操,他是市妇幼保健院的儿科医生。两个人还没从相逢的喜悦和回忆里走出来,或者说,曹操仿佛急着要给孔明好处似的,说妇产科男医生闲聊时,最喜欢谈论女人的隐私;说他们会从女性的脸蛋,一步跳到臀部。曹操讲述这些的时候,不时地咽口唾沫,两眼放光,一脸坏笑。曹操说完这些,像警觉的老鼠望望四周,压低声音,说,看在老同学的分上,我带你去妇产科开开眼界,我和那些医生关系很不错的,他们不会多话的。曹操说着,指指门后挂着的白大褂,说,你穿上,你就是病人眼中的医生,想怎么看就怎么看,保证没事。曹操说完,去拿白大褂。

孔明真的太想去了,他仿佛看到自己一脸笑容地迅速站起身,风风火火地抢过那件白大褂,欢欢喜喜地穿上,迫不及待地搂着曹操的肩膀,用这种既表示亲热,又可暗暗推着曹操快走的方式,和曹操直奔妇产科。但孔明旋即想到老婆也会在这家医院进行产前检查和分娩,也会经历这样的遭遇,隐忧顿重,孔明觉得曹操和曹操说的男医生,像一帮偷偷分赃的龌龊流氓,希望他们遭受报应。孔明不好对多年未见的曹操表露心思,笑着说了声"去你的"。

曹操热情不减,见孔明还坐着,把白大褂往孔明的手里一塞,说,若不是看在老同学的分上,求我也不会带的,传出去,我要受处分的,赶紧穿上。

孔明接过白大褂放在桌上,掏出了香烟,抽出一支递给曹操。孔明都不知道自己为什么还会掏烟给曹操。孔明一点感谢曹操的心思也没有,只恨恨地想着:狗东西,这种事也当作给人的好处啊,太龌龊了吧。孔明虽然这么想,却觉得曹操对自己很讲交情,但孔明很想抽曹操耳光也是真的,孔明知道这是为了老婆。

曹操笑了,他用食指点着孔明说,跟老同学还装假正经,行,行,你是柳下惠,不是太监,佩服你。

孔明为曹操点烟,他真想用打火机烧曹操的眉毛,孔明还是为了老婆。

曹操说,你暗恋吴菲菲的时候,就喜欢盯着她的屁股蛋子猛看,现在带你看个够,你却假正经。当我没说过,以后不要求我哦。

孔明心里骂道:求你个头,一群该遭报应的龌龊鬼,但孔明对自己究竟会不会求曹操,不敢打包票。

曹操又一笑,说,不看就不看吧,看了影响性欲。不瞒你说,来妇产科的人,都是有病的,看了恶心巴拉的,那些男医生看多了,基本上对老婆没兴趣,对女人也没兴趣的,也就图个嘴快活。

孔明没想到这么快听到了龌龊鬼们的报应,心里骂着"活该",庆幸自己没去。孔明顿感自己与曹操的那份交情仿佛烟消云散,觉得曹操又贱又龌龊,怎么看都是贼兮兮的。孔明起身告辞,忽略曹操意犹未尽的表情。

孔明一想到妻子产检,就会想到曹操咽着唾沫,两眼放光,一脸坏笑的样子。孔明仿佛看到了男医生的表情,仿佛被开水烫到了似的,更觉妇产科像个囚禁自己的憋闷黑洞。

孔明知道只要妇产科有男医生,自己的隐忧必然会成真。孔明更恨自己不是妇产科医生,恨自己没有财力专门请女性妇产科医生为老婆检查或接生,恨自己没有规定妇产科不准有男医生的权力,更恨自己面对这种事,要装作若无其事,甚至在老婆假如难产有生命危险,男医生救了老婆的性命,还要感谢看见老婆隐私处的男医生。孔明恨社会强迫自己接受妇产科有男医生的规则,恨得都怀疑自己是不是一个有社会权利的人;恨大家居然接受这样的规则,甚至认为它的合理与正确,蠢到这是不是与绿帽子有关也不管了。孔明想到自古及今的人间大恶人,利用的恰恰就是合理与正确。

孔明觉得自己的隐忧即便与占有欲有关,也没错。孔明认为广义上而言,人拥有物质和观念,本质上都属于占有。他还从夫妻可以随时离婚的,人会死,想到人连占有自己都会成为泡影。但孔明相信人活在观念里,是观念制造了人的意义。孔明不在乎别人说自己传统,他觉得没人能活在传统之外。孔明认为男女有别的观念既人性又正确。

此刻,孔明与老婆走向妇产科。孔明不知道产前检查的具体内容,但想到老婆要接受男医生检查的场景,孔明深憋一口气,狠劲伸了伸裤袋里的十根手指,用力挺了挺腹肌。

孔明的老婆感到了孔明的暗力,柔声说,怎么了?

孔明没吱声,盯着那块白云。

孔明的老婆依偎得更紧了,说,真想看看宝宝在肚子里的样子。

孔明也很想看看的,觉得老婆的话,像喜悦的大水,浇覆了自己的身心。孔明的确心头一喜,但又觉得这份喜悦像一闪而过的人影,觉得自己又堕入隐忧里。孔明一直为自己即将成为父亲欣喜万分,常常情不自禁,喜气洋洋,他轻抚老婆的腹部,耳朵贴紧老婆的肚皮听动静,油然而生自己有了后人的神圣感。此刻,孔明神圣感依旧。孔明再次想到假如没有这份隐忧,自己只有成为父亲的喜悦多好呀,感慨人总是很难十分顺心的。

昨天晚上,孔明的老婆说了产前检查,让孔明陪同时,孔明知道隐忧可能成真了。孔明捏痛大腿的同时,望着老婆幸福的笑脸,噢了一声后,下床走出卧室,在书房拿过香烟和打火机,走进厨房,打开抽油烟机,紧皱眉头,猛烈地吸烟。

孔明根本不愿陪老婆同去,他不仅想逃避亲眼看见男医生为老婆检查的事实,更想逃避是市妇幼保健院里的男医生为老婆检查的事实。孔明知道只要自己不去,假如真的发生了这样的事实,那么他永远不会知道。孔明肯定不会主动问,相信老婆也不会主动说。

孔明知道这么想很愚蠢,犹如明知一颗老鼠屎落入汤中,却假装不知,照样喝汤。但孔明想起自己和他人都会装傻充愣的一些事。

孔明吸着烟,心里大鼓小鼓敲个不停,像热锅上的蚂蚁,他一个劲地弯动右脚的大拇指,更觉无奈。

孔明知道不陪老婆同去,于情于理都说不过去,何况自己正在休假,不去可能会惹恼老婆,惹得她滔滔不绝地独白东家的丈夫是如何听妻子的,西家的老公是如何体贴老婆的,甚至会眼泪一把,鼻涕一堆,旧账重提,细数孔明有过的种种不是。孔明又想到假如不陪老婆一道,她必然舍不得乘出租车,会挤公交车,说不定会流产。

孔明觉得麻烦透顶,想到古人不做产前检查,人类繁衍得也很好;想到自己和老婆身体都健康,又做过婚前检查,加之老婆怀孕后,方方面面都小心翼翼遵照母亲和育儿书籍上教授的方法,对胎儿的健康,孔明是不担忧的,但孔明又不敢绝对保证。毕竟自己不是医生,毕竟不做检查,是不敢肯定的。况且这也是老婆和胎儿的权利,是涉及健康的权利,是孔明不敢,也不忍心反对的。

孔明想到此,快速眨动眼睛,狠狠吸了一口烟,决定为了胎儿,为了亲骨肉,不管三七二十一,陪老婆去医院。孔明心想,只要自己的亲骨肉健健康康来到人间,当爹的吃亏,也只好认账。孔明其实巴不得老婆能了解自己的心情,额外开恩,不要他陪了,但孔明知道生活中没有这么多开恩的。

孔明一路隐忧,一路无语。

孔明和老婆到了妇产科门口,孔明很想对老婆说,不检查了,但孔明知道这是他没法,也是没资格说的。孔明始终背朝妇产科大门,想以这种毫无侵犯其他女性之心的方式,获得老婆也不被他人侵犯的好报。孔明没觉得自己有德行,知道这是无奈,或者说,是乞求。孔明感慨人在社会中,更多的时候,是活在好事或坏事的进行中,也只能活在这样的进行中,常常身不由己。

孔明相信妇产科里一定有女医生的。孔明凑到老婆的耳边,望着老婆的长发,用极轻的,却近似威逼的口气说,找个女医生,不要傻乎乎的!

孔明这是急了才这么说的。孔明一直不愿向老婆说明隐忧的,唯恐老婆误解为这是对她的侮辱。孔明知道对社会规则的怀疑或反对,常常会被认为不正常、异类,甚至内心龌龊。孔明苦闷自己的理由不能对任何人说,不仅对老婆,对父亲也没法说。孔明的母亲生孔明时难产,幸亏当时的妇产科专家刘华,救了孔明的母亲,也救了孔明。孔明的父亲说起这段往事,脸上洋溢着敬佩和感激。孔明的母亲,虽不作声,但也是这样的表情。孔明想不通父亲的心理。其实他很想问父亲是否在意刘华看到了母亲的隐私处,问母亲是否在意自己的隐私处被刘华看到。但孔明知道即便至亲,也不是什么话都能说的,更何况观念不同。

孔明说完,觉得自己像条狼狈的狗,他一眼瞥见妇产科白色的大门上,赫然贴有一张"男士止步"的标语。孔明顿时气不打一处来,心里骂道,男医生不是男士啊,蠢,真蠢! 恨不能扯碎标语。孔明挣脱老婆那柔情如水的臂弯,向着不远处的一棵树走去。孔明觉得那棵树下像卡夫卡小说里的地洞。孔明喜欢写作,喜欢思考,此刻却恨自己知道这些乱七八糟的道理,真想成为隔壁只要有酒就会成天笑眯眯的大老王。

孔明立在树下,掏出一根香烟点上,巴望此刻妇产科里没有男医生,巴望他们有事外出了,哪怕去曹操那里吹牛了,但妇产科里怎么可能没有男医生。孔明用力捏疼自己的大腿,无奈得透不过气来。孔明像一摊烂泥软在树上,脑中又出现老婆接受男医生检查的场景。孔明恨得使劲捏自己的大腿。孔明感到了疼痛,但孔明想到曹操说不定就在妇产科里猎奇,或有类似曹操的人,孔明顿时不知疼痛,觉得自己麻木如树。

孔明觉得自己像一只待宰的绵羊,无力也无法抗争妇产科有男医生,有偷窥者的事实。孔明觉得恨,觉得苦。孔明想到自己不能抗争,以及无法抗争的许多事,觉得自己,或者说古往今来的所有人,都饱尝了太多逆来顺受的委屈。孔明想到厨房里吸满水的那块洗碗海绵,觉得自己仿佛海绵,委屈似水。

孔明自怜了,寻找出路般的四周望望。孔明看到阳光灿烂下的医院宁静祥和,看到旁边的树荫里也有四个男人,也像自己一样靠树而立。孔明从他们的年纪和神情,猜测他们也是等老婆的。孔明觉得他们像晚间蔫不拉唧的太阳花,觉得他们像自己一样可怜。

孔明又恨恨地望望妇产科的大门,又想到鼓吹男人当妇科医生的始作俑者,认为此人不论是不是男性,不是傻×,就是恶人。孔明想不通这种鼓吹怎么会被社会认可。孔明茫然,不知应该恨谁,觉得恨的对象,像眼里的茫茫虚空一样广大,毫无可见的实体,他却分明感受到这是社会的力量。孔明幻想自己是过去的皇帝就好了,这样便有权下令男医生只准替男人看病,女医生只准替女人看病。

孔明望见一对年轻的夫妇，紧紧相拥出现在妇产科的门口。孔明觉得他们像自投罗网的两只鸟，觉得人在社会规则面前，只能是这样的鸟。孔明见他们耳语了一阵，年轻男子朝妇产科里探头晃脑地张望起来。孔明认为此刻世上最坏的东西，莫过于男人的眼睛，像龌龊的垃圾桶。孔明知道没有理由厌恶年轻男子，但就是觉得他可恶，恨不得一把揪住他的后衣领，扔得远离妇产科大门。

孔明觉得自己像侠客，觉得阳光似乎更加灿烂了一些，或者说，天地间有了抗争的人气。孔明仿佛为了寻找更多抗争的力量，望向那四位蔫不拉唧的男人，看到他们还是蔫不拉唧。孔明怀疑自己是不是太敏感多事了，像个神经病。孔明心想，如今的男人都怎么了，还知不知道什么叫人格尊严，即便是为了妻儿的健康，可妇产科有男医生的社会规则，还是让他很激愤。

孔明觉得自己仿佛是最后一个英雄，感到孤立，感到毫无力量，觉得沮丧如同滔天大水，彻底浇灭了他唤起他人共同抗争之心。孔明想到不合理的社会规则，只要大家都反对，都抗争，就不会成立。孔明略带伤感地望了望阳光灿烂的天空。

孔明再次伤感地望向妇产科大门，望见刚才那对年轻夫妇已经紧紧相拥走在妇产科门外的阳光灿烂里。孔明觉得妇产科里仿佛走掉了一个男医生，也真的觉得年轻男子的背影仿佛就是男医生的。孔明厌恶至极。

孔明正想着，看到一位白大褂，从白色的妇产科大门里，风一样飘出。孔明惊悸。这一刹那，孔明真希望这位白大褂是个女人，但孔明看清了这是男人，一个长着胡须的男人。

孔明差点脱口而出"男医生"，惊愕得视线僵凝，宛若两条绷直了的线绳。孔明想到老婆有可能遭受这个男医生的检查，想到绿帽子，顿觉自己仿佛一节节地矮下去，这个被一件白大褂包裹的男医生，一节节地高大起来。孔明突然想到报纸上关于妇产科男医生强奸女患者的报道，想到曹操说男医生对女人没兴趣，他觉得那不是曹操撒谎，就是曹操胡说八道，顿觉自己傻，失望于男医生什么报应也没有。

孔明感到男医生的白大褂，不是一块普通的白布，而是一种宣言，一种强而有力，令他自卑的宣言，分明在说，我是男人，但我是男医生，就能看你老婆的隐私处，你没办法的，就忍受吧。

孔明情不自禁扔了刚抽了两口的香烟，咽了一口唾液，觉得自己仿佛是电视里那些观望帝王车驾的愚民、傻乎乎的看客。孔明看见旁边蔫不拉唧的几个人中穿西服的胖子，身体迅速启动，迈出赶赴火场般的火急步履。孔明估猜他是去见那位男医生的。孔明因自怜，从内心不愿西服胖子去见男医生。

西服胖子冲着男医生走去，孔明看见他以极快的速度掏出一盒烟，取出一支，恭敬地递向男医生，却被男医生的微笑，以及举在胸前的、五指张得很开且晃个不停的手掌挡了回去。

孔明清楚地听到了他们的对话。

男医生说，你老婆检查过了，是个单婴，一切正常，放心好了。

谢谢，谢谢。西服胖子点头哈腰的声音。

男医生说，都是兄弟，不客气的，不陪你了，今天人多，我回去了。

好，好，谢谢，谢谢，有情后感！西服胖子点头哈腰的声音。

孔明望着这一幕，同情西服胖子，又在心里骂西服胖子，标准的王八羔子，老婆的隐私处被人家看到，还赔笑道谢啊。孔明此刻正好望着西服胖子的后脑勺，觉得这是一个应该被拍扁的后脑勺，但又想到西服胖子又能怎么办呢？孔明仿佛看到西服胖子的媚态里，夹杂着屈辱与自卑，从中看到了自己。孔明移恨于男医生，觉得男医生的微笑表情就像狗吃屎，但他又想到狗吃屎与吃食的样子没区别。

孔明不由得想起以往读过的一篇小说，写的是一位男医生为土匪头子的老婆接生，土匪头子为之送行，当男医生回身时，土匪头子一枪崩了他。孔明心想自己是土匪头子就好了，觉得眼前的这个男医生也该崩。土匪头子的形象，也出现在孔明的脑海里，像电视剧里的张飞。孔明插在右裤袋里的右手，也呈手枪状，并用枪尖，就是孔明的食指尖，狠狠抵住了裤袋的一角。孔明仿佛看到男医生的恐惧状。孔明感到快慰，又觉得自己很畜生。

正在此时，孔明看见妇产科大门里走出一位漂亮的少妇。孔明一眼认出她是市电视台最漂亮的女主播林霞。孔明似乎忘了老婆检查的事，顿觉眼前一亮，想到林霞是来看妇产科的；想到自己若是男医生就好了；想到能看到林霞的身体秘密，是人生幸事；甚至想到以后让曹操带自己去妇产科偷看时，正好遇到林霞做检查。孔明觉得男人对漂亮女人的兴趣，就像巨大的旋涡；想到画家的精神升华，只是赋予了女性身体更多的精神内涵。假如把男人对女性的本能比作菜篮里的一只鸡蛋，精神升华只是在菜篮里加了些别的东西，关于女性身体的衍生品而已。孔明对男医生的职业充满羡慕。

孔明欣赏着林霞，觉得自己有点像男医生。孔明想入非非，直到看不见林霞的身影，他回头望向妇产科，看到一个女人的背影进入大门，想到这女人似一只自投罗网的鸟，想到老婆在里面做检查，孔明隐忧重回。

孔明不知道自己是不是怕遭报应，突然厌恶自己对林霞的心思太龌龊，觉得自己才应该被一枪崩掉。孔明相信男人对女性的隐私处怀有深刻兴趣，知道这是本能。孔明一直不敢说本能是邪恶的。孔明虽然相信人为了实现本能会很邪恶，但也相信本能里有善根，相信善与高尚不是无中生有而来。孔明突然觉得自己就是邪恶的，觉得男医生即便不是善或高尚的，至少也比自己干净得多，否则社会也不会有这样的规则。但孔明不愿想下去，只觉得自己混乱如麻，人间的道理混乱如麻。

孔明吐了一口唾沫，拿出一支烟点上。孔明吸烟时，看向西服胖子，突然觉得西服胖子才是正常人，和自己的父亲一样正常。孔明想不通自己为何突然有了之前的想法，只觉得自己是无力的、丑陋的。

孔明看到妇产科走出一位大肚子的短发女人。孔明觉得她长相很丑，想到男医生是否愿意看到丑女人隐私处的刹那，顿感无聊，顿感自己的丑陋，的确该崩。孔明又捏疼自己的大腿。孔明看见西服胖子急速走向她；看见两人含笑耳语了一阵；看见西服胖子搂着短发女人，从容而缓慢地走进妇产科门外的阳光灿烂里。孔明觉得他们幸福，他的内心似乎有了笑意的光明。

孔明重重地吸了一口烟，下意识仰起脸，望望阳光灿烂中的妇产科大楼，孔明觉得自己宛若在白日梦中。孔明缩了缩脖颈，又望望远处的蓝天，近处的大楼、树木花草、垃圾箱、行人，孔明觉得它们在灿烂的阳光下，依旧宁静祥和。孔明觉得真好。孔明也想到人间宁静祥和的外表下，隐藏着多少不甘、委屈、苦难，但孔明不愿就此想下去了，他嫌烦了。孔明又缩了缩脖颈，再次望向妇产科大门，看到了老婆亭亭玉立的身影。

孔明很想快速走过去，但孔明慢慢地将半截烟卷扔在地上，使足了浑身的劲，慢慢地踩灭它，才迈着自己认为是从容的步履，向老婆走去。

孔明的老婆一脸是笑，说，医生说一切正常。

孔明很想对老婆报以微笑，真为他们母子都健康感到高兴，但孔明觉得这仿佛是另一件值得高兴的事，觉得隐忧仿佛沉重的铅球，在自己的脸上滚动碾压，没法笑出来。

孔明的老婆说，告诉你一个好消息，妇产科已经有了可以选择医生的规定，我当然找了个女医生检查。

噢，真的？孔明觉得脸上的铅球落地，笑了。孔明感慨人间越来越文明了，总会越来越文明的。

孔明的老婆说，检查只是医生在肚子上摸摸，量量血压、身高、体重。

这么简单。孔明说着，哈哈大笑。孔明感受着人间的美好、老婆的好、老婆腹中胎儿的好,觉得所有的人都是灿烂阳光里的灿烂人。孔明紧紧地搂住老婆的腰,说,我们和宝宝一起打车回家。

小 楼

　　我回到家,我的老婆说,隔壁小马来还书了,放你写字台上了。我说,噢。我忘了小马借书的事,反觉得小马送书给我似的。我笑了笑这种感觉上的颠倒。我的书柜里排满了崭新的书,我统统没读过。我买回它们,是为了装饰书房的。我天天看到这些书,但几乎想不到它们,犹如我想不到家里的墙壁一样。

　　我走进书房,坐进写字台前的转椅里。我点香烟的时候,斜了一眼小马还来的书,名叫《我是猫》,作者是日本作家夏目漱石。我心想,只能是猫吗?是猪,是狗,是狼,不行吗?我同时伸手点击了电脑的电源开关,准备在网上玩斗地主的游戏。

　　在电脑启动的时候,我随手翻开《我是猫》。我不想看书,只是为打发等待的无聊,恰巧看到书页上"红十字会"的红字下面,有一道红色的横杠,并标有红色的箭头指向书页的空白处,那里也用红笔写着,美丽的小红,我的女神!我的爱!我的兰亭路五十号。

　　我下意识以为这是别人写的,立刻想到只有隔壁的小马借过我的书,想到他在书上乱写乱画,留下这么暧昧的文字。我嘟囔了句"不自觉",但随即我就看出这些字是我写的。我吃了一惊,定睛一看,真是我的字,我傻了。

　　我皱着眉头,捏着鼻子,搜肠刮肚,也想不起来我何时读过这本书,何时写下这些文字的,更想不起来过去的情人中,有过小红这个人。我也不相信自己会写下它们。这是明显犯蠢,万一被老婆看到,终归是麻烦事。但我又不得不承认这些字就是我写的,我也实在想不起来其他人动过这本书。我的老婆最怕看书,我读初中的儿子更烦看书,烦到连书房都不瞥一眼。我抬眼望望窗外的蓝天,眼睛快速眨动一番后,又翻看购书日期,是 2007 年 6 月 23号。我每买一本书,都会在扉页上写下购书的店名和日期。

我沮丧了,我知道想起来的可能性很小了。

2005 年 2 月 14 号晚上,确切地说,是将近夜里十一点五十分,我回到家,看见我的老婆坐在沙发上低头织毛衣,是我的毛衣,更看见老婆睡衣袖口处的那块蓝色补丁。我的老婆总要等我回家才肯上床睡觉。我经常看到她手里拿着正织的毛衣,困得迷迷糊糊蜷缩在沙发里。我多次劝她不要等,但她说我骑摩托车,不见我回家,不放心的。我那晚看着老婆织着毛衣等我的温暖场景,想起我的母亲也是这么等我回家的,觉得老婆是像母亲一样的亲人。我突然觉得那块蓝色补丁扎心,我也真的心里一疼,随之而来的是巨大的愧疚。我很想给自己一通耳光,我觉得老婆衣袖处的蓝色补丁,像父亲打向我的大巴掌。

这一刹那,我暗暗咬牙,决定用最快的速度与情人断绝往来,发誓以后坚决不找情人。我恨自己以前见了太多次这样的场景却无动于衷,也纳闷为什么只在今天反应剧烈,但我懒得深究,只相信我的决心是真的。我是这么想的,也真是这么做的。那天是情人节,我因此对日期记得很清楚。我能把时间也记得这么清楚,是我进门有看时间的习惯,我家客厅的墙上挂着大大的电子钟,进门就能看到。

我有这本书的时候,应该是不可能有情人的。我双手紧握,心想,难道是我的记忆有了空白,像鬼剃头后的一块光溜溜的头皮?我也不相信这一点。我一直认为我的记忆很好,尤其是对情人的记忆。我清楚地记得自己有过四个情人,只要想起她们,她们的长相、交往的过程,就会像电影一样在我的脑海里播放。我还能感觉到她们身体的光滑和弹性,觉得昨天还仿佛与她们交往过,明天还会和她们偷情似的。

我又皱着眉头,对着窗外的蓝天白云眨了一通眼睛,还是什么也想不起来。我想解开这个谜,或者说,是我对这个毫无印象的小红感兴趣。我想到男人就是对情人感兴趣,想到自己拥有情人的日子,觉得生活充满了活力,仿佛春天树枝上活力无限的鲜艳嫩芽。

我吃完午饭,决定去兰亭路五十号看看。我若是真与小红有过交往的话,现场或许能刺醒沉睡的记忆。

兰亭路是市里的大马路,也是我偶尔陪老婆逛街时的必经之路。我沿着兰亭路的双数门牌号,走向五十号。四十六号是一家蛋糕房,四十八号是一家有着豪华宽阔大门的百货商场,我以为前面银行的门牌号肯定是五十。我想着自己认识的女性中,谁在银行工作过,有没有小红这个人的时候,却看到银行的门牌号是五十二。我不相信,走近门牌号,还是五十二号。我觉得五十号像拐弯处猛然消失的人。我转回身,看到百货商场和银行之间毫无空隙,意味着五十号无容身之地。我不相信五十号会在五十二号的前方,但还是走了过去。这是一家手机大卖场,门牌号是五十四。我知道再往前走毫无意义,便望向马路对面。我明知马路一边的门牌号是双数,另一边必是单数,但还是过了马路,我幻想五十号像个突然冲出的顽童突然出现。我首先看到的是五十五号,我朝着门牌号小的方向走,直至看到四十五号停步,我绝望了,预感五十号不是与我捉迷藏这么简单。

我询问走来的一位青年,问他可知道五十号在哪里。他说他是路过的,对这条路不熟悉。

我又问迎面走来的一位中年男人,他说他是外地来打工的。

我犹豫找谁打听有用时,一旁的巧巧豆浆坊里走出一胖一瘦两位老者。我见他们都是上穿圆领汗衫,下穿大裤衩加拖鞋。从他们穿着的随意上,估摸他们住在附近的可能性很大。

我迎上去,对胖老头说,老师傅,请问兰亭路五十号在哪里?

胖老头说,我从小就没见过。

瘦老头附和说,我也是。

胖老头说,我问过我的父亲,他也不知道。

瘦老头也附和说,我也问过我的父亲,还问过我的爷爷,他们都不知道。

他们说完,朝我笑笑,向前走去。

我眨眼发愣,想着两位老者的话若是真的,那么仅从年龄上,意味着能做我情人的小红,肯定与五十号无关,那么会不会是自己将其他的五十几号误写成了五十号呢？我正想着，听见胖老头对瘦老头说，小楼今天下午三点钟要炸了。

瘦子说，该炸，又破又老。

我大吃了一惊。我的童年是在小楼里度过的。我只要想到小楼，听到小楼，都会觉得亲切又温暖，那里依旧有我心理上的家，我也常去看看小楼的。我总是注视小楼许久，感慨万千。

我两大步追上去，对胖老头说，小楼要炸了，是老铁厂的小楼？真的假的？我说话的同时，仔细打量胖老头和瘦老头。我寻找与他们可能相识的蛛丝马迹。我认为他们提及小楼，与小楼有关联的可能性很大，但我什么也没看出来。

胖老头说，是老铁厂的。

瘦老头附和说，今天的市报上说的。

他们说完，朝我笑笑，向前走去。

我答了声"谢谢"，目光发直，看着他们一胖一瘦的背影，觉得他们很像《红楼梦》开篇里的一僧一道。我想到书页上那些文字的意义，难道就是为了让我来到兰亭路，获悉小楼被炸的消息？难道这是冥冥之中的安排？那么小红呢？我写下那些文字时的心理反应呢？究竟是我遗忘了，还是与我无关？我茫然了。

我是以最快的速度前往小楼的。我不知道是不是为了多看看小楼。但我知道这么做的意义几乎为零。我穿过一个个红绿灯路口，觉得我的摩托车像一艘快艇，在房子、行道树、车流人流构成的时空大河里，快速前行。我的脑海里，似乎都是生活在小楼里鲜活的场景，又似乎只有前往小楼的一个意念。

我看到通往小楼的路,被写有"前方施工,禁止通行"的牌子阻拦,看见牌子两边分别坐着一个戴红袖章和一个不戴红袖章的老者。他们手拿小红旗,时不时勒令行人止步。

　　我坐在摩托车上,对戴红袖章的说,师傅,能不能过去看看,马上就回来。

　　戴红袖章的说,放过炸药了,不许进的。

　　不戴红袖章的说,安全第一。

　　我无奈,望着小楼旧得发黑的楼体,黑窟窿一样的门与窗,以及周遭被扒成残垣断壁的废墟。我想到电影里那些历经战争残存的楼房,觉得流逝的时间就像战争片里轰炸机扔下的炸弹,毁灭地上的一切,觉得自己仿佛劫后余生。

　　我抬眼望望蓝天,想起蓝天白云下崭新的小楼,那座楼体外墙砌有一层白色水泥,一个楼梯洞将三层十二户人家分列左右两边,鹤立鸡群的小楼。想起我家住在二楼的最西边。站在我家的窗口,能看到星罗棋布的大小池塘,广大的农田,烟囱冒烟的工厂,两条弯弯曲曲延伸进天际的护河大堤。

　　我想起我的父亲和母亲是那样年轻,那么有活力。想起父亲把我驮在他的肩上,一溜烟飞跑上楼,引得我嘎嘎直笑,还有听见笑声,就会开门等候的笑盈盈的母亲。我向往父亲母亲的年轻,感动于那份温馨与美好,真想回到从前,回到那回不去的时空。

　　我想起拄着拐杖,还颤颤巍巍走路的一楼小脚老太太,想起她总是静静坐在门口椅子上呆望远方。想起祖母参加完她的追悼会回来,说着小脚老太太的种种好处,说我很小的时候,常由小脚老太太看护，说小脚老太太总是拿出自家最好的东西，一勺一勺地喂给我吃，听得我感伤又愧疚。我从不知道小脚老太太对我这么好过，却常惹她生气。我和刚刚、强强，好奇小脚老太太的小脚长什么样，有一次爬窗户偷看老太太洗脚，看得我们直说"呸呸呸，真恶心"，常在小脚老太太面前故意大声说"老鼠脚，臭死了"的话，我至今都想恭恭敬敬喊小脚老太太一声太太。

我想起我在刚刚家和他下棋时想撒尿，跑向他家厕所就拉开门。我没想到刚刚的大姐玉玲在洗澡。我至今分不清我是被玉玲姐身体的美震撼得发呆，还是羞傻了。我只是睁大眼睛，傻乎乎地望着赤裸的玉玲姐。是玉玲姐一句"干坏事了吧？赶紧把门关起来"的话，提醒我赶紧关上门。刚刚看到这些后，缩着脖子使劲喊喊喊地坏笑。我羞得满脸通红，以连输三盘为条件，换取了刚刚不对别人说这件事的承诺。玉玲姐知道后，还走过来摸摸我的头，说我是小孩，没关系的，并让刚刚不许耍赖欺负我。我以后最听玉玲姐的话。直到现在，我仍觉得玉玲姐的身体美属于天上仙女，其他女人的身体美，包括我老婆的，都属于人间。

我看到小楼前的三棵粗壮槐树已经消失，想起从不与人说话的欢欢的奶奶，想起她总是躲闪又忧郁的目光，想起她低头洗衣服，或低头择菜的样子，想起她在两棵槐树间的绳子上晒衣服时，突然软软倒地死去的样子。我从祖母与人的闲聊中，知道了欢欢的奶奶正好听到身旁有人说她以前的妍夫死掉了，她是刹那间急死的，知道了欢欢的爷爷从不与欢欢的奶奶睡在一起的。我那时不懂其中的悲苦，长大后，只要想起这些，就会想起欢欢奶奶的目光,欢欢的爷爷总是沉着脸在门口喝粥的场景。

我抬眼看看蓝天,看见一只飞翔的麻雀,觉得它仿佛穿越时空而来。我想起粽叶飘香的小楼,引得矮矮的我,强强、刚刚、大宝,欢天喜地地跑向小楼的场景。我仿佛感受到书包啪啪啪拍打我的屁股。我正想着,听见有人喊我。回头看见一脸大胡子的强强。我想起强强刚才还是我眼里嘴巴无毛的粉嫩顽童,觉得时空仿佛有扇可以进进出出的门,强强走出时空就成了大胡子,又觉得时空里仿佛可以进行化装舞会。我惊喜地说,你也来了?我赶紧跨下摩托车,从口袋里掏出香烟。我和强强偶尔会聚聚,十分开心,即便提到他小时候老是欺负我,用中指在我额头上使劲弹毛栗子的场景,都开心得哈哈大笑。

强强走出奔驰轿车,说,听说下午炸小楼,忍不住来看看。

我说,你对小楼蛮有感情的嘛。说着,递烟给强强。

强强接过烟,点燃后,没答话,目光深沉地望着小楼。

我也望向小楼,觉得我和强强像鱼缸里的两尾鱼,张张合合的嘴巴,仿佛吞吐时空的沉默。

强强说,我爷爷说老铁厂这片地方,本来是个村庄,后来太平军与清军在这里打仗,成了废墟,建大铁厂时,这里也被扒成了废墟,建了小楼和平房,现在城市建设,这里又成废墟了,一次次废墟,一次次重建,都在这块土地上。

我说,大铁厂太落后,污染严重,的确要扒掉,虽然舍不得小楼被炸,但叫我再住回去,还是不愿意了。

强强笑了,说,我也一样,你可晓得炸小楼的人是谁?

我说,谁?

强强说,是玉玲姐,小楼的人炸小楼,想不到吧?她要在这里建新的居民区。

我笑了,说,新居民区当然住得舒服,其实谁炸都一样,但玉玲姐挣钱是真的。

强强说,去年来看小楼时,路过我们读书的小学校,满眼荒草,我心里一空,觉得我学知识的根被铲去,今天看到小楼要炸的消息,觉得我的童年时代没了。

我笑了,说,我们的感觉一样。其实呢,我们的童年时代也真的没有了。

强强吐了口烟雾,望了望天空,说,你正为儿子上好高中托人?

我说,你怎么知道的?

强强说,怎么不找我?我们是小楼里的兄弟,我能有多少小楼里的兄弟呢?

我满怀感激,觉得眼前的大胡子强强就是那个嘴巴无毛的顽童强强,觉得小楼就像根,长出的善意,连接了小楼里的每一个人,觉得我和强强虽然身在小楼外的时空,却仿佛也在当年的小楼里,觉得人是可以活在过去,也可以活在现在的。我说,玉玲姐已经帮我搞定了。

强强笑了,说,找她也对,她能量比我大。

我笑了。

强强说,我就是来看一眼的,先走了,还有几笔生意急等着我,我们有空再聚。

我点头笑笑，说，好。

强强说，你不走？等到小楼炸？

我转头看了看小楼，没回答。

强强说，亲眼看到小楼炸成废墟没意思。

我没吱声。

我望着强强肥胖的背影，想起我和强强的臃肿眼泡，隆起的肚皮，脸上的条条皱纹，觉得我们仿佛是出土文物，浑身溢着岁月的痕迹。

强强走到车前，向我招手，示意我过去。

强强从车里拿出两条中华牌香烟，递给我说，一条你留着，一条给你家老爷子，代我向老爷子问好，我有空去看他。

我感动，推着强强的手，说，心意领了。

强强打开我的手，说，一道长大的兄弟，我要你领什么心意啊？拿着！强强说完，把香烟塞进我的怀里。

我望着强强越开越远的车，觉得强强还是小楼里的强强，觉得让生活顺利或美好的，都仿佛来自小楼。我甚至觉得眼前废墟里的钢筋混凝土，也像农田里柔软的泥土。

我再次望向小楼，想起就在小楼对面的池塘边，我第一次与初恋情人晴晴相拥接吻。我想到那晚月光皎洁，也突然想到《西厢记》里的崔莺莺和张生，想到他们偷情时也可能月光皎洁。我一时不知月光是为了照见我和晴晴，或是崔莺莺与张生，还是为了抹去我和晴晴，或崔莺莺和张生。我正想着，听到自己的手机铃声。我觉得铃声仿佛来自另一个世界。

电话那头,老婆说我的父母来我家了,让我赶紧回去。我想到老态龙钟的父亲和母亲,刚才还是小楼里年轻的样子,我似乎有了梦里的感觉,觉得那条通往小楼的路,仿佛伸入茫茫时空的内部,觉得关于生命问题的纷繁逻辑,就藏在破旧的小楼里面。我仿佛看见充满生活气息的小楼飘浮在清澈的时空里,看见三楼得病死去的马老师,还是歪着头讲课的年轻形象。仿佛看见小楼里的一张张面容,走出家门,走进阳光灿烂里,走成了一份份死去或活着;仿佛看见他们的身影,在这座城市的同一片天空下,像远处树下咀嚼的耕牛,宁静安详。

我再次望了望小楼,想象着小楼像电视里被爆破的楼房那样,仿佛腿一软,一头扎向大地,腾起的滚滚烟尘,向着四周弥漫。我仿佛看见小楼里那些鲜活的面容,无处可去般地飘飞在时空里。我还想象着没了小楼的这片土地上,又将建起另一片崭新的楼房,我知道它们是另一些人的小楼。

我离开时,伤感又无奈。我启动摩托车,觉得刚才想象小楼坍塌时腾起的滚滚烟尘,像一群龇牙咧嘴的怪兽追逐着我。我一路上,不仅觉得被它们追赶,还觉得怪兽群越来越大,觉得沿途隐没到我身后的楼房,都像小楼一样坍塌,一样腾起滚滚烟尘,一样像怪兽。而我的前方,一片片的高楼,川流不息的人流车流,高大的行道树,还有小楼里散射的人间暖意,构成生命坚强与灿烂的长河,延伸着人间生生不息的光彩。我似乎还觉得《我是猫》书页上的那些文字、兰亭路五十号、小红的模糊身影,也在我身后的滚滚烟尘中。

70

我进入家门,闻到炖蹄膀的香味,看到我的父母亲坐在沙发上,都笑盈盈地望着我,像两尊慈祥的佛。我笑了,喊了他们,也想起我们住在小楼时,常常看到这相似的一幕。这一刹那,我有了回到小楼的错觉,但我也知道我在延续生活的新小楼里,依旧有我的父亲母亲,有强强,有玉玲姐,还有我的妻子和儿子……我想到体验着小草使命的人,也是创世纪的神。

哈根达斯

　　杨洪超在等公交车,他看见一辆白色轿车变道驶进车站,在自己的面前停下。杨洪超没想到车窗探出一张少妇的笑脸,兴奋地喊了声"杨洪超"。

　　杨洪超一眼认出少妇是初恋女友李雪梅。杨洪超喜上心头,感觉身体轻巧了,阳光变亮了。杨洪超也笑了。

　　李雪梅指指副驾驶座,示意杨洪超上车。

　　杨洪超稍迟疑,疾步走向车门。

　　杨洪超坐进车里,仿佛走进了他和李雪梅的二人世界。这是杨洪超曾经的梦想,仿佛实现了。

　　李雪梅不说话,一个劲地欢喜地望着杨洪超。

　　杨洪超也不说话,只顾欢喜地望着李雪梅。杨洪超太多次想过与李雪梅相遇的场景,想过要说的话,包括追问李雪梅分手的原因,但此刻,他却为重逢欢喜得说不出话,也不想说话,只想欢喜而笑。

　　进站公交车的喇叭声,冲散了两人的欢喜氛围。李雪梅如梦方醒,说,我先开车。

　　杨洪超附和了一句,噢。依旧欢喜地望着李雪梅。杨洪超以前就喜欢这么望着李雪梅,欣赏她的长发,白皙皮肤,小巧标致的鼻子和嘴巴,长长睫毛下的一双丹凤眼。杨洪超觉得时光只在李雪梅的天生丽质上增添了丰润富态。

李雪梅说,还像以前一样贪婪。

杨洪超说,我们有十五年没见过了。

李雪梅说,是十五年七个月零八天。

杨洪超没想到李雪梅记得这么清楚,心潮起伏,一时不知该说什么。

李雪梅说,我常想到你。

杨洪超迟疑了一下,说,什么车? 很舒服。

李雪梅说,兰博基尼,我一直想找你的。

杨洪超说,这么好的车,难怪呢。

李雪梅说,送你一辆。

杨洪超没答话,笑了。杨洪超相信李雪梅说的是真话,相信只要自己开口的事,只要条件允许,李雪梅都会做到的。换作自己,也会这么对待李雪梅的。他和李雪梅之间,都有一份全心全意为对方付出的最大善意。

李雪梅说,你不敢要的,好男人!

杨洪超笑而不语。杨洪超的想法被李雪梅说中了。杨洪超难以向妻子说明原委,确实不方便要的。

李雪梅说,听说你夫人对你很好。

杨洪超望望李雪梅,说,还行。

李雪梅说,听说你儿子成绩很好,在市里最好的学校最好的班。

杨洪超说，还行。

李雪梅说，听说你现在戒烟了。

杨洪超说，你怎么知道这么多？千里眼啊？

李雪梅说，关心你不行啊？

杨洪超说，不行，我不是你老公。

李雪梅略一迟疑，说，还恨我？

杨洪超报以微笑。

李雪梅略带撒娇地说，我要你回答。

杨洪超说，都过去了，往事如烟。

李雪梅说，不行，我要你回答。

杨洪超迟疑了一会，说，不恨，真的，你是自由的。后来听说你过得很好，我高兴，现在又亲眼看到，更高兴。

李雪梅流泪了，说，我相信！

杨洪超没说话，抽了纸巾递给李雪梅。

李雪梅没接纸巾，抓住了杨洪超的手。

杨洪超愣了愣。杨洪超没有当年那份触电的感觉，只有酸楚和遗憾涌上心头。杨洪超任凭李雪梅抓了一会，提醒她说，在开车。

李雪梅松手，拿过纸巾，边擦眼泪边说，还记得这湖边吗？

杨洪超望着湖边少女长发似的垂柳，想起他与李雪梅在垂柳下轻声呢喃、相拥相吻的情景。杨洪超怕李雪梅激动，影响开车，没说话。

李雪梅说，我想借你一晚上。

杨洪超一愣。杨洪超很想和李雪梅待在一起是真的,但杨洪超不想做出格的事。杨洪超觉得没意义,也不想伤害自己的老婆。杨洪超又想到自己从未夜不归宿,想到第二天回家撒谎的窘迫……

李雪梅打断了杨洪超的想法,她说,别误会,是借你……李雪梅说到这,看了看时间,说,现在是三点一刻,借你到晚上十二点。

杨洪超不想扫了李雪梅的兴,也不想扫了自己的兴,说,行。

李雪梅笑了,说,我们去 Y 市吃大餐。李雪梅说着,高兴地拿起手机,拨通号码。

李雪梅面带笑容,说,老公,你自己解决晚饭,我和朋友去 Y 市吃大餐。李雪梅听了一会对方说话后,甜蜜一笑,说,回家的,会晚点,好,挂了,拜拜。

杨洪超说,看得出你老公很宠你的。杨洪超说完,觉得自己是废话加多余。

李雪梅莞尔一笑,说,嫉妒啦? 你也赶紧给你夫人打个电话吧。

杨洪超迟疑了一会,拿出手机,拨通电话,说,我晚上和朋友吃个饭。杨洪超听了一会后,说,好,知道了,不喝酒的,拜拜。

李雪梅笑容灿烂,说,夫人很疼你吗? 看来她对你好是真的了。

杨洪超微笑不语。

李雪梅兴奋地说,去 Y 市。随即车子加速。

杨洪超笑。杨洪超望着向后掠去的街景,觉得他和李雪梅仿佛穿越他们多年未遇的那段时空,前往美好之地。

　　杨洪超和李雪梅到达了 Y 市的 X 路,李雪梅说,记得这条路吗?

　　杨洪超仍是笑笑。

　　李雪梅说,忘了?

　　杨洪超说,怎么会呢?

　　李雪梅说,前面就是哈根达斯了。

　　杨洪超说,这么多年了,不知道那家店还在不在了。

　　李雪梅全神贯注地望着前方。

　　杨洪超说,那时真穷。

　　李雪梅全神贯注地望着前方。

　　杨洪超说,好像就在前面一点点远的地方。

　　杨洪超的话音刚落,李雪梅惊呼,在在在,还在,在的。

　　杨洪超说,我们去哈根达斯,我请你吃个饱,吃个够。

　　李雪梅望了一眼杨洪超,流泪了,说,好,去哈根达斯。

　　杨洪超说,今天应该高兴,不许哭。杨洪超说着,抽了张纸巾递向李雪梅。

　　李雪梅撒娇说,我要你擦。

　　杨洪超笑了,晃了晃纸巾,说,别孩子气。

　　李雪梅说,你替我擦过的。

　　杨洪超说,好吧,依你。

　　杨洪超没想到李雪梅的眼泪越擦越多。李雪梅甚至抽泣起来,说,我一辈子忘不了那天。

那天是李雪梅十七岁生日,杨洪超特地带她到 Y 市游玩。杨洪超请李雪梅在一家小餐馆吃了午饭后,口袋只剩五十元,减去回程必需的十二元,只剩三十多了。他们下午手拉手闲逛到 X 路,看到了哈根达斯店。杨洪超说,走,去吃外国大牌,开开洋荤。但进门后,杨洪超傻了,东西贵得超出他的预料。

杨洪超本可以买两杯价格便宜的冰激凌,但杨洪超向来希望李雪梅吃好点的,加上又是李雪梅生日,更不甘心买便宜的,结果只买了一杯三十七元的冰激凌给李雪梅,说看着李雪梅吃,也一样开心的。

李雪梅的母亲是继母,家里的经济条件也远比杨洪超家差,李雪梅总是身无分文。李雪梅坚持杨洪超买两杯的,但拗不过杨洪超。李雪梅望着面前的冰激凌,望着杨洪超开心的笑脸,李雪梅流泪了。

杨洪超一边替李雪梅擦眼泪,一边小声说,不要哭啦,别人还以为我欺负你呢,你吃就等于我吃,我们是一个人,今天生日,开开心心。杨洪超说完,拿起调羹,挖了一勺冰激凌,边喂李雪梅,边说,吃一口,笑一笑。

李雪梅含泪吃了一口后,破涕为笑,抢过调羹,挖了一勺,喂向杨洪超,说,你也吃,我们一道吃。

杨洪超稍一愣,接着笑了,说,好,我们一道吃,我也啊呜一口。

杨洪超和李雪梅,你喂我一口,我喂你一口,笑容灿烂。

两人吃光冰激凌,杨洪超望着空杯子,拉住李雪梅的手,说,等我上班有钱了,一定带你来吃最好的、最贵的,吃个饱,吃个够。

李雪梅咯咯直笑。

李雪梅停好车,走到杨洪超跟前,紧紧挽住了杨洪超的胳膊,笑容灿烂,说,吃哈根达斯,吃个饱,吃个够。

杨洪超笑了,说,我们好像有点犯规了。

李雪梅说,你就是封建,我们又没做什么,人碰人的事,公交车上,路上,到处都有,正常的。

杨洪超笑了,手一伸,搂住李雪梅的腰部,说,算不算犯规?

李雪梅笑了,说,得寸进尺啊?

杨洪超的手,按了按李雪梅的腰部,说,久别重逢,开心一次。

李雪梅甜蜜地望望杨洪超,说,好男人。

杨洪超报以微笑。

李雪梅说,我们谁富谁付钱,不许争。

杨洪超说,好的。杨洪超说完,想到一路上都没有生出李雪梅富有的念头,觉得他和李雪梅之间纯洁如同当年。

两人买好东西,坐定,李雪梅笑容灿烂地望着杨洪超,说,我喂你,就一口,就一次。

杨洪超笑了,说,行,要求不过分,满足你,我啊呜一口。

李雪梅用调羹挖冰激凌时,流泪了,她眼挂泪花,笑着喂向杨洪超。

杨洪超吃后,拿起纸巾,擦去李雪梅的泪花,说,往事如烟,不许哭了。杨洪超说完,拿过李雪梅手上的调羹,又把自己面前的调羹放到李雪梅手上,神情无奈地望着李雪梅,说,我不喂你了,自己吃。

李雪梅点点头,再次流泪。

这时,李雪梅的手机响了,她接通手机。

李雪梅说,我在 Y 市,和杨洪超一道。

李雪梅说,都这么大年纪了,都有各自的家了,哪来你想的那么多事?

李雪梅说,你对不起杨洪超,要请他吃饭,让我问问他可同意。

李雪梅说,好的,挂了,拜拜。

李雪梅对杨洪超说,我哥,他想请你吃饭。

杨洪超说,前未来大舅子相邀,当然去。

李雪梅说,我哥那时不讲理。

杨洪超说,现在想想,你哥是对的,是我不懂人心,多嘴。

那时,杨洪超听说李雪梅哥哥刚结婚的老婆有外遇,关键是他还亲眼看到李雪梅哥哥的老婆被一个男人搂着逛街。杨洪超为了要不要把这事告诉李雪梅的哥哥犹豫了两天,最终还是认为自己要为李雪梅的哥哥好,决定告诉他。

杨洪超没想到李雪梅的哥哥听完,当时就哭了,指着杨洪超的鼻子,怒吼道,你为什么非要告诉我?我又不是傻子,早就知道了,你不说,我可以假装不知道,这有什么不好?一切安稳。你一说,我连假装也不可能了,你不是成心拆散我的家吗?逼我伤心吗?滚,滚,马上滚,我再也不想看到你。

也正是这件事发生后,杨洪超因为不方便再去李雪梅家,那时又没有电话和手机,杨洪超只好在李雪梅的家门口附近等候,却一连五天没见李雪梅的身影。杨洪超犹疑李雪梅为什么连学都不上时,收到李雪梅托人捎来只有八个字的分手信:我们分手吧,请谅解! 杨洪超每每想到李雪梅与自己分手的原因时,认为最大的可能,就是来自李雪梅哥哥的竭力反对。

杨洪超本就想问问李雪梅为什么要和自己分手,此刻正好想到这件事,杨洪超说,能告诉我分手的真正理由吗?

李雪梅愣了愣,望了望窗外,又望了望杨洪超,迟疑良久,说,他比你坏。

杨洪超想到"男人不坏,女人不爱"这句话。想到李雪梅的丈夫必有"坏"得胜过自己的优点。但杨洪超不知"坏"的具体内容,心问询的目光望着李雪梅。

李雪梅尴尬一笑,说,算了,不说了,都过去了。

杨洪超看了李雪梅片刻,语气坚决,说,我想知道。

李雪梅一丝苦笑,目光移向窗外,呆望了片刻,说,我们是邻居,在他家,强行的,我是他的人了,只能离开你了。李雪梅说完,依旧望着窗外。

杨洪超惊讶、心疼、愤怒、憋闷、不甘。杨洪超差点脱口而出"强奸"二字。杨洪超觉得坐不住,想站起来。杨洪超深吸一口气,憋在腹部,两手使劲抓捏自己的大腿。杨洪超想到自己曾在李雪梅面前展示的男性魅力。比如,一口气拉五十个引体向上;比如,在拳击台上勇敢奋战,即便败了,也气势不输给对手。杨洪超觉得荒唐、可笑、多余。

李雪梅转过头,目光坚定地望着杨洪超,说,但他对我真的很好,一直宠我。

杨洪超无语,杨洪超只能无语,那个男人是李雪梅的丈夫。

李雪梅又流泪了,说,你会更宠我的。李雪梅说完,目光移向窗外。

杨洪超一把搂过李雪梅,为她擦泪。

两人沉默良久,杨洪超说,往事如烟,你好就行。

两人又沉默良久,李雪梅拿出一张银行卡,放在杨洪超手上,说,早听说你条件一般,早就想找你的……

杨洪超打断李雪梅的话,说,我不会收的。

李雪梅说,你怕暴富,不好向夫人说明白,但我们很干净的。

杨洪超不语。

李雪梅说,这钱绝对是我的,与他……李雪梅说到这,改口说,与任何人无关,我不靠别人养活的。

杨洪超不语。

李雪梅说,你一直是我心里的亲人。李雪梅说到这,迟疑了片刻,说,比他亲,我从不在他面前流泪的。李雪梅说完,流泪了。

杨洪超眉头微皱,为李雪梅擦泪,没说话。

李雪梅说,我欠你的。

杨洪超说,谈不上欠的,遗憾是真的。

李雪梅目光低垂,说,我们有缘无分。

杨洪超把卡放回李雪梅的手中,说,往事如烟,你好,我就满足了。

女　神

　　余果在水池边上洗鼻血,突然想到自己只要看到"女神",鼻子就会遭殃。余果不相信自己是这种无趣的倒霉蛋。余果宁可相信巧合,也不相信这是必然。余果停止动作,盯着镜中的自己出神地想着。

　　余果从镜中看见老婆郑丽丽从厨房走出来,听见郑丽丽说,叫你雾霾天不要出门,你不听,鼻子吃脏了吧?

　　余果说,我洗鼻血。

　　郑丽丽快步走向余果,说,没事吧?

　　余果说,没事,还好不重,被小屁孩的砖头砸的。

　　郑丽丽说,小屁孩砸你?

　　余果说,两个小屁孩在湖边用砖头打水漂漂玩,我在他们身后看风景,还在距离他们蛮远的地方,哪能想到他们往湖里扔的砖头会反飞砸到我。

　　郑丽丽说,你天天在那里晨练,还看不够啊?

　　余果当时根本没看风景,看的是"女神"。余果一时找不到合理的瞎话,眨眨眼,没吱声。

　　郑丽丽说,你没找他们的大人?

　　余果说,我擦鼻血的工夫,两个小屁孩像两条狂奔的小狗跑到了老远的拐弯处,眨眼不见了。

余果说的还是瞎话。

余果当时根本不愿去抓那两个小屁孩,余果怕引起周遭的注意,从而引起"女神"的注意。余果怕"女神"再次看见自己的狼狈状。尽管余果不相信"女神"会记得自己。余果当时忍着疼痛,背过身,掏出纸巾,擦拭鼻血和眼泪。余果自认为处理得当后,再看"女神",可"女神"却无影无踪。余果不相信"女神"这么快消失,四下扫视,"女神"仍无影无踪。余果再找两个小屁孩,他们也无影无踪了。

郑丽丽瞪了余果一眼,走进厨房。

余果擦拭完毕,坐进沙发。余果思辨自己是不是那种无趣的倒霉蛋。余果的脑中,电影般播放了与"女神"的三次遭遇。

余果第一次看到"女神",是读高二的时候。

一天傍晚放学后,余果立在操场边看人踢足球。余果的目光随意一抬,看见了夕阳映射的美丽晚霞,他想到了"余霞散成绮",也听到了身后传来女孩银铃般的笑声。

余果回头,他没想到会有这么漂亮的女孩,余果差点惊呼"女神"。余果被"女神"超出预期的美丽惊得目瞪口呆。余果无法形容"女神"的美。余果想到"大美无言"。余果直直觉得"女神"就是整个世界光彩的中心,美丽的晚霞仿佛来自"女神"的映射。

余果痴痴地望着女孩,觉得什么也没想,却又仿佛想到与"女神"共度一生的幸福时光。余果巴望"女神"看到自己。余果觉得这是与"女神"走向幸福的开端。

"女神"越来越近,余果觉得两人的目光必定相遇。余果激动万分时,脑后遭到重重拍击。

余果恼怒,觉得实在有损自己男子汉的尊严,也觉得对方拍得太重,玩笑开得过火。

余果紧皱眉头,心中的不满像一梭子弹,齐集喉咙口。余果回头。

余果什么都还没看清,鼻子又连挨三记重重拍击,拍得余果耳旁嗡嗡直叫、眼冒金星,拍得余果站立不住,向旁边一个趔趄。余果蒙了。

余果看清矗立在自己面前的,是本地那三个出了名的魁梧流氓。他知道自己要挨打了,但为什么会挨打,余果想不出原因。余果从没招惹他们,也不敢招惹他们。余果害怕了,他想哀求,想说软话,但余果想到"女神"近在咫尺,怕她看到自己的窝样。

余果正想着,一个魁梧流氓冲上来,对准余果的脸部中央就是一拳,接着,使了一个大背包,把余果重重掼倒在地,震得余果五脏六腑都疼。余果还没来得及反应,他的脸,又被一只脚踩住。

余果真的害怕了,真的想求饶了,但又真的怕被"女神"看见。余果在犹豫中,看到了三个更加高大魁梧的流氓身影,也看到了"女神"高高的目光注视着自己。

余果觉得丑极了,他想挣扎,想装英雄吼几声,甚至想和三个魁梧流氓打一架,但余果又怕招来更大的打击。

余果在进行思想斗争,那三个魁梧流氓也没闲着,只顾踢余果,跺余果。余果像一只原地颠簸的船。

就在余果盼到"女神"走远,决定轻声求饶时,他似乎听到远处传来"打错了,打错了,不是他"的声音。余果随即听见魁梧流氓"打错了"和"哈哈哈"的嬉笑声,看见魁梧流氓有的拍拍手,有的掸掸衣服,悠悠闲闲地走开了。余果没心思顾及疼痛,他只想看见"女神"。余果转动脑袋,没看见"女神",他坐起张望,还是没看见"女神"。余果站起身,手捂鼻子,四下扫视,仍没看见"女神"。

余果恼恨三个魁梧流氓打自己打得不是时候,让自己在"女神"面前丢了丑,更恼恨他们打击自己的时间太长,让"女神"从自己的眼皮底下消失。

余果冲着三个魁梧流氓的背影,狠劲扇了一巴掌。余果似乎看见巴掌运动的光影里夹有红色。他感觉到了疼痛,看见手掌上流血了,感到鼻子也流血了。余果想到自己总有一天要找三个魁梧流氓报仇,又立即想到自己没有能力报仇。但余果没多想这个问题,也没心思想。余果只想知道"女神"的去处。

余果像条焦急寻找主人的狗,在校园里寻找。余果没找到。余果想到"女神"假如还在学校里的话,总会出校门的。余果又在校门口等到天黑,等到看门老头关上校门,才悻悻离开。

余果怀疑自己是不是梦中看见"女神"的,他感受身上隐隐作痛,想到刚才挨打是真,余果疑虑顿消。

余果又怀疑"女神"不是自己学校的,不然,自己怎么会从没遇到过她?余果想到天下巧事太多,想到也许自己进了教室,"女神"才进校门,上课铃又正好响起,自己怎么能看到"女神"呢?

余果又想到"女神"也许是来学校找人玩的。余果紧张了,他知道再次看到"女神"的难度大大增加。

　　余果决定先在学校的范围内寻找"女神"。余果巴不得此刻已是第二天的上学时间,好在校门口守候观望。

　　余果太想追求"女神"了。余果觉得自己婚姻的女主角若不是"女神",婚姻会黯淡无光,自己也会遗憾一辈子。余果也想到过追求不到"女神"的问题,但他不愿多想。

　　余果第二天一早来到校门口等待。出门时,以去学校背书为借口,为此得到了父亲的赞许和两块钱的奖励。余果没吃早饭,他没心思吃,余果只想立即看见"女神",知道她是不是自己学校的。

　　余果到达校门口,看门老头还没起床,校门也关闭着。余果不时看看门卫室。多次之后,余果错觉自己好像在专等看门老头起床。余果很清楚,看门老头不起床,"女神"到达学校的可能性为零。

　　余果终于看见看门老头的身影,他觉得看门老头很像冉冉升起的红彤彤的太阳。余果看到看门老头开门了,心头止不住狂喜。余果似乎有了看门老头就是"女神"的错觉,他第一次觉得看门老头慈祥又可亲。

　　余果睁大眼睛,望着进入学校大门的一个又一个人。一直到第一节课下课了,余果也没看见"女神"。余果沮丧了。他想到"女神"可能不是自己学校的,又想到"女神"也许生病,或其他原因,才没来学校,他不甘心地走进校门。

　　余果在校门口期间,看见大家公认的校花杨娟。余果觉得杨娟一点都不漂亮,最多属于看得过去而已,觉得杨娟像对面普通的高楼,而"女神"像大上海光彩亮丽的大厦。余果还看到了自己曾经追求过的李桂花。他觉得李桂花简直土得不能看,后悔自己当初怎么会看上她,会追求她,结果还遭到拒绝,平添耻辱。

余果决定先不去上课,而是偷偷查看学校里的其他班级。余果怀疑"女神"已经进了学校,是自己没看到。

余果做贼一样,从教室的两边窗户,偷偷观察了其他班级,结果还是没看到"女神"。余果沮丧。他又想到"女神"可能是刚刚分来的老师,余果决定逐一查看老师的办公室。

余果只看了几间办公室,就被班主任王老师赶回了教室。

余果先是遇到胖胖的数学张老师。张老师笑眯眯地说,余果,又犯错误了,又被叫到办公室了? 余果笑笑,敷衍过去。

余果还没走开,身后传来班主任王老师的声音,余果,你不上课,在办公室干什么? 是不是又干坏事了? 又被老师找了? 余果紧张了。余果怕王老师向父亲告状,招来父亲的暴打。余果说,没、没干坏事。王老师说,那你在办公室东张西望干什么? 余果说,没干什么。王老师说,那你为什么不上课? 余果回答不上来。王老师说,我注意你老半天了。余果惊讶自己没看见王老师,反被王老师看见。余果想到物理课上光路可逆的性质,余果觉得不实用。余果联想到自己没看见"女神",也许像没看见王老师一样。王老师说,余果,明天交份检查给我,现在立即去教室上课,我看着你去。余果赶紧跑向教室,心想:我下课时间看,看你还管着。

此后,余果一次次利用下课时间去办公室,每天上学和放学守在校门口,甚至不上课,多次查看其他班级,但"女神"仿佛人间蒸发。

余果也向同学打听过"女神"。但余果的同学都说余果不是审美差,就是遇到鬼了,都说学校里除了杨娟,没有第二人配称美女,气得余果懒得搭理他们。

余果没找到"女神",却找到了自己没想到的事情。比如,余果看见自己追求过的李桂花每天总是很晚走出校门,她的身后肯定会尾随着最被人看不起的傻瓜李向明。余果不明白李桂花怎么会看上李向明,更想不通李桂花为什么看不上自己。

比如,余果看见班上天天要被自己摸好几次头的吴伟,居然在校门口喊三个魁梧流氓中的那个大背头为表哥,看见大背头还给了吴伟十元钱。余果吓得不轻,也感到幸运。余果此后再也不敢摸吴伟的头。

余果还看到杨娟多次流着泪跑出校门,他不知道缘由,也没心思知道。

余果在学校里找不到"女神",心有不甘。余果决定赌运气,决定满大街寻找。余果将寻找范围扩大至学校的周边,又扩展至市里繁华大街上的各大商场。余果想到女孩最喜欢逛商场的。

余果为了寻找"女神",挖空心思,付之行动。直至所有的寻找都是徒劳,加上无心读书,期末考试成绩一塌糊涂,遭到父亲的暴打,余果才在绝望和遭受暴打的恐惧中放弃寻找。

余果其实舍不得放弃,但他知道任何努力都是徒劳。余果悲哀"女神"不能成为自己的老婆,甚至连"女神"的芳名也无从知晓。

余果为自己的婚姻感到焦虑。余果又想到自己想要的手表,父亲也不答应买,感慨天下的好东西对自己而言,都只在梦里。

余果第二次看见"女神",是在几年后的一个酷热暑天。余果在拥挤的公共汽车上,被挤得大汗直流,呼吸不畅。余果的目光,懒懒地望着窗外,巴望赶紧到达目的地。

余果是在行人中,一眼认出了"女神"的。余果经常想到"女神"。余果相信自己不会也不可能看错。余果惊喜,他的血液沸腾,两眼放光,浑身是劲,恨不得立即冲向"女神"。

余果想立即下车,但知道不被允许。此时余果觉得拥挤的公共汽车像地狱。余果想喊"女神",又觉得不妥。余果不相信"女神"会记得自己,也觉得"女神"的称呼没有确指性。余果想好下一站下车去追"女神"。余果想到"女神"的走向与公共汽车行进的方向相反,余果感到不祥,但又不愿多想。

余果很想朝公共汽车的门口移动,但目光舍不得离开"女神"长发飘飘的倩影。

余果的脑袋努力往窗外伸,压得身下的乘客发着牢骚顶余果。余果觉得自己的胸前仿佛有只乱蹦乱叫的兔子,明知自己不文明,但他顾不了那么多。

直到看不见"女神"了,余果才准备缩回脑袋,朝车门移动。随着余果的身体后缩,余果身下的乘客,也像被压紧了的弹簧猛烈弹起,脑袋顶到余果的鼻子。

余果觉得酸痛,但懒得与之争论。余果只想快点到车门口,第一个下车。

余果费了老大的劲才挤到车门口，车门打开的刹那，余果箭一样飞冲出去，朝着"女神"的方向狂奔。

余果在刚才看见"女神"的地方放慢了脚步，睁大了眼睛，仔细搜索。余果走了两站路，停下。余果想：仅从速度的角度，自己应该已经看到"女神"了。余果担心自己看花眼了，又回头搜索。余果在看到"女神"的地方停下，想到"女神"可能进了路边的商店。

余果最先进入的食品店规模小，只需站在门口，目光一扫，就能看清店里的情况，但食品店隔壁的大商场，让余果傻眼。余果想到大海捞针，他小心翼翼扫视每一处，每一层。余果怕看漏了，又上下来回看了两遍，才悻悻离开。余果知道"女神"还有去其他商店的可能。

余果走在寻找的路上，却深感无路可走。

余果逐家商店寻找的结果，是"女神"仿佛再次人间蒸发。

余果绝望，在他站着发呆的时候，一位过路的老妇人对余果说，小伙子，你鼻子上有血。老妇人还递给余果一张纸巾。

余果手一摸，看见了干涸的血迹。余果想到这是车上被顶的结果。余果没生气，也没心思生气。余果边擦拭，边想到自己与"女神"这么无缘，想到"女神"对自己的种种影响，不禁感到悲凉。

余果想到了对自己真好的刘燕燕，正是觉得刘燕燕的长相与"女神"过于悬殊，才不接受刘燕燕的追求。余果想到刘燕燕的好处，还是后悔的。余果在多次后悔后，突然觉得刘燕燕比虚无缥缈的"女神"实在，想找回刘燕燕，却看到刘燕燕挽着另一个男人的亲热状。

　　余果又想到了丰满性感的李红,想到自己虽有与李红分手之心,但都在诸多理由中犹豫不决。正是想到了"女神"的完美,才坚定了自己的分手之心。余果还想到了吴娟,想到仅仅因为觉得吴娟的眼睛略似"女神",就拼命追求的种种狼狈状。

　　余果越想越自怜,站在原地发呆。

　　余果再次见到"女神",是在今天。岁月荏苒,余果心中的那个漂亮女孩,被漂亮女人取代。余果觉得"女神"更成熟性感,女人味十足。"女神"怀抱白色的小狗,亭亭玉立在湖边。余果贪婪地望着,更加觉得她是整个世界光彩的中心。余果感叹"女神"真美。

　　余果没想到自己还能再见"女神"。余果兴奋、激动,似乎还觉委屈。余果似乎在为"女神"始终不出现在自己的生活里,让自己没法追求感到悲哀,似乎为自己结婚多年,不再是自由身感到悲哀。

　　余果很想走过去,向"女神"打个招呼,但余果觉得太冒昧。余果觉得"女神"怀中的那条狗真幸福,觉得自己不如那条狗。他由此想到"女神"的丈夫应该幸福透顶。但余果立马自问,你怎么知道"女神"一定有丈夫? 她或许独身寂寞才养狗的。余果的这个想法,立刻又被自己问了回去,养狗的女人凭什么就没有丈夫? 余果感到无聊了,又不情愿羡慕"女神"的丈夫。余果想,"女神"的夫妻关系,说不定就像隔壁那对天天吵架的夫妻。余果想到这,笑了。余果对自己说,你巴不得人家现在闹离婚才好,你真无聊,连人家的名字都不知道,凭什么猜测人家的夫妻关系。"女神"满脸光彩,衣着得体亮丽,衣料一看就价格不菲,"女神"像个过得不好的人吗?余果正想着,就被砖头砸中鼻子。

余果看到"女神"无影无踪,再次无比懊悔。余果恨自己为什么不走近"女神"。他虽然不敢肯定现在的自己还会追求"女神",但肯定自己接近"女神"之心仍如当初。余果想到"女神"出现在公园,可能意味着她家住在附近,或与她相关的其他人住在附近,意味着"女神"有可能还会在公园出现,但余果也想到"女神"可能再也不会出现。余果再次感叹自己与"女神"无缘。

余果坐在沙发上想着这些经历,他不否认三次见到"女神",鼻子就会遭殃的事实。但余果还是愿意相信巧合,不相信自己属于这种无趣的倒霉蛋。余果望望窗外,他不相信冥冥之中会有一只专门打击自己鼻子的手。

余果正想着,郑丽丽手拿锅铲,匆匆从厨房走出来,说,余果,你赶紧去银行取三千块钱,你大姐刚才打电话来,说等着急用,马上来家拿。

余果没吱声。

郑丽丽说,快去,我烧饭没时间。郑丽丽说完,匆匆走进厨房。余果听到菜下油锅时哧的响声。

余果去银行的路上,还在思考自己算不算那种无趣的倒霉蛋,以后是不是还有机会看到"女神"。余果到达银行时,银行很空。余果刚取了号,就听到了喊号和该去的窗口号。

余果走向窗口时,看见里面的女柜员的容貌,与当年的漂亮女

准备救人的消防战士、栅栏一样阻挡人群前移的小区保安。

周游常在电视上看到工人为讨薪、老人为赡养费、拆迁户为赔偿费、男女为情感、小三为包养费，甚至罪犯无路可逃时，要跳楼、跳桥、跳塔、跳大吊车的新闻。

周游从没见谁真的跳过，认为此刻蹲在空调室外机上的女子也应如此。但周游想到她万一掉下，犹如花盆碎裂，想到人生不易。

周游竖起耳朵，巡视周围，周游想知道女子跳楼的原因。

周游听见有个光头说，夫妻间，还是 AA 制好，AA 制进步，我和我老婆就 AA 制，我们不管结婚还是离婚，都不会有财产上的麻烦。

周游听见一旁的胖子说，进步？多点防范就叫进步啊？大点说，美国越来越防范中国，这叫进步啊？小点说，逃犯都会防范警察，这叫进步啊？还没结婚，先把对方视作谋财骗财的，那还成家干什么？懂不懂家是什么？

周游觉得胖子说得有理，赞赏地看了看胖子。

胖子察觉到周游的目光，面露得意，说，再讲得难听点，夫妻生活在一起，心理的龌龊、生理的丑态，都会肆无忌惮地表现，这是不是把两个人的丑陋摆到一起了？为什么身外之物的钱就不能摆在一起？胖子说完，看看周游。

周游递去一丝笑意，也想打听女子要跳楼的原因。周游走了过去，笑着说，这个女的为什么要跳楼？

光头说，听说女的老公有了小三后，一个劲闹离婚，但又不同意平分家产，之后，男的干脆拿走了家里的存折玩失踪。女的急

109

了,说男的要转移家产,说警察若不让男的把存折给她,她肯定要跳。听说警察已经联系上了她老公,但她老公说不管,说女的死了拉倒。听说警察还在联系,还在劝。

周游说,听谁讲的?

光头说,是保安,保安是亲耳听见的。

周游噢了一声,他不知该说什么。诚信缺失的今天,周游不敢相信女子的话一定是真的,尽管女子说得令人怜悯,此刻还有坠楼的危险,属于人们认为的弱者,但天下没弱者就一定会说真话的道理。

胖子说,说个事情也说不完整,女的还说她与老公原先都是农村的,是她老公拼命追她,才嫁了他。婚后两人进城做生意,从只有一只炉子烤烧饼干起,没日没夜苦干了二十年,有了车有了房,还有了一家像样的饭店,但她老公开始嫌她皮肤像树皮,身材像山芋,开始有了小三,开始动歪脑筋了。

周游依旧噢了一声。周游想到清官难断家务事,想到夫妻间的事,但凡被说出来的,不是他们生活内容的冰山一角,就是一些深藏原因的果,他人的评头论足,都属盲人摸象。

周游正想着,看见光头脸色骤变,指着要跳楼女子的方向说,坏了坏了,那个女的要发疯了。

周游转过头,看到女子向警察乱舞胳膊,声嘶力竭地发出"他是畜生,不是人,不是人"的啸声。

周游头皮发麻,浑身绷紧,希望警察或消防战士乘隙拉住女子。好在片刻后,女子重新蹲下,呜呜大哭起来。周游知道女子暂时不会有过激之举了,也突然觉得女子的呜呜声,像飘飞在空中的爱情密码;女子刚才的啸声,像来自天空深处的爱情宣言。

周游惊讶自己的联想。爱情密码和爱情宣言,都是周游平时没想过的词语,周游也根本不知道它们的确切意思。周游感到恍惚。周游的视线望向另一边,看见小区外学校的教学楼、迎风飘扬的五星红旗和蓝天白云。他的耳畔,似乎响起了琅琅读书声。周游木讷地想到教育和人会有怎样的关系,周游下意识地觉得无解,觉得人的渺小非常真实。

小区里响起爆竹声。胖子说,肯定是结婚放的,人间蛮有意思的噢,那边放爆竹要结婚,这边结了婚的要离婚,要跳楼。

光头说,人间就这样,有人吃饭,有人拉屎,有人发财,也有人倒板,不管好事坏事,反正都要搞件事在身上,折腾自己,折腾别人,折腾到死一场空。

胖子说,结婚前,总把结了婚的生活幻想成天堂,其实呢,和我们小时候在家和父母过的日子没区别,都是碗要一个一个洗,灰要一块一块抹,早上开开窗,晚上睡睡觉,那些幻想的美好,其实都是被性刺激出来的,把那错觉成婚姻的幸福,驴唇不对马嘴。

周游和光头都笑了。光头说,人就是喜欢做梦,折腾。

胖子说,想想为什么要结婚,无非是人家这么活的,你也跟着学。

光头说,你想活出七古八怪的样子?

胖子说,想个屁,我现在老实透顶,再漂亮的女人对我来讲都是废的。

111

光头说,吹,继续。

胖子说,我才不愿再像当初哄老婆一样哄别的女人,花钱又烦神,结果得到的,还不和老婆的一样?其实想想老婆当初在自己的眼中,就算不是世界第一美女,也绝对不会亚于第二第三的,不然,也不会让自己骚得梦连梦。

周游和光头又笑了,光头说,胖子,你对你老婆蛮有感情的。

胖子说,老婆处长了,就像亲人了,但这也分各式各人,有的越处越有仇。

光头指了指胖子身后,说,你老婆来了,脸色不好看,你肯定又没干好事。

胖子迅疾回头。

胖子的老婆说,叫你买酱油,你跑来看热闹,热闹能当酱油啊?

胖子笑嘻嘻地说,马上去买,现在就去,高兴了吧?胖子说完,抬腿就走。胖子的老婆笑了,说了声"死嘴",跟着胖子走了。

光头冲着他们的背影说,立功赎罪,一瓶没用,五瓶赎罪,十瓶立功。他又向周游笑了笑说,逗他们玩的,我们是邻居,其实胖子在家很做主,但他会哄老婆也是真的。

周游笑着噢了一声。

光头大概嫌周游不爱说话,光头说,也不知道这女的又对警察讲了些什么,她的老公会不会来,我挤到前面问问保安。

周游也想知道这些,但看着前方满是黑压压脑袋的人墙,他觉得知道也这样,不知道还这样,觉得看热闹就是图个轻松,混一身汗就没意思了。

周游原地观望。

周游看到马脸主任和他的老婆正朝跳楼女子的方向观望,看到马脸主任惯有的一本正经表情,周游懒得看马脸主任,就移开目光。

周游和马脸主任之间,没有直接发生过不愉快。周游听说马脸主任和他手下一名年轻女职工经常幽会。

周游想到马脸主任的五短身形、容貌老枯以及满嘴黄牙,估猜勾引老太婆都难。周游为女职工想到过"可惜"二字,但他知道生活与"可惜"无关。

周游后来听说马脸主任要和老婆离婚,听说他老婆四处托人劝马脸主任不要离婚。周游几次亲眼看到马脸主任怒斥他眼泪汪汪的老婆。周游虽觉马脸主任猖狂,但也知道各有各的理由,也没觉得马脸主任的老婆与"贱"字有关。

周游是在马脸主任退了休,那个女职工和他断了关系后,看到马脸主任和他的老婆一道买菜,一道逛超市,一道晚上散步,还手拉手的亲密状,周游觉得马脸主任恶心。

周游没想到还会看到多张熟悉的面孔,居然有自己小学时的体育老师、父亲的同事、母亲的朋友、大姐的闺密。周游偶尔想到他们,觉得他们仿佛人间蒸发了一样。周游为见到他们感到吃惊。周游住进这个小区两年多,除了马脸主任夫妇属于熟识的面孔,他再没见过第二张熟识的。周游觉得时间仿佛窗帘,只要拉开它,窗外的景物就会尽显,觉得时间没有纵向,一生就是现在。周游的脑海里突然冒出二加二等于四的算式,并认为算式绝对正确。

周游也为见到他们欣喜。周游想到体育老师吹哨子时鼓出的眼睛、鼓起的两腮。想到儿时骑在父亲同事的肩上,俯瞰同学头顶的场景。想到母亲的朋友为自己抹泪时的那份轻柔和温暖。想到大姐的闺密当着自己的面换衣服的场景。周游更为看到他们都老了而感慨。周游知道时光不能倒流,活过的时光,过去了,就只能过去了。周游知道见到故人的欣喜,其实是满足那份可以重新回到从前的幻想,留恋自己逝去的生命时光。

　　周游更没想到会看到昔日的恋人张琴。周游看见张琴双手抱住 T 恤男的胳膊,头倚在 T 恤男的肩头,望着跳楼女子的方向。周游觉得张琴应当很受 T 恤男的宠爱。周游这么判断,是想到马脸主任的老婆和马脸主任立在一起时,只会觉得她像棵挺拔的松树,宣示独立的刚强。周游早就听说张琴的丈夫对张琴很好,他为张琴有个好归宿感到慰藉,周游希望张琴幸福。周游当初与张琴分手时这么想,之后也一直这么想的。

　　周游一直觉得张琴是自己的几任女友中,即便包括妻子杨姗姗在内,都是最聪明、最温柔,也是与自己最有默契的。周游与张琴恋爱期间,周游的一个眼神,或一个小举动,张琴都心领神会,反之也是一样。周游与张琴都以为找到了称心人。

　　周游想到张琴时,也必定会想到张琴粉红三角裤裆部的那片焦黄色,周游第一次脱去张琴的长裤,以为会看到神奇美妙,没想到扎入眼睛的是这片焦黄。周游顿感恶心。周游留恋张琴的种种好,想冲破那片焦黄带来的种种心理障碍,但周游懒得为此努力。

　　周游没法不和张琴分手,他觉得自己和张琴没法过性生活,也就没了婚姻的基础。周游找了个理由疏远张琴,又找了个理由与张琴分手。周游正是通过和张琴的分手,明白了所谓的理由,其实都是鬼话。

周游正想着,听到了口袋里响起手机铃声。

手机那头的杨姗姗说,你扔个垃圾把自己也扔了吧?赶紧回家吃饭,忘了昨晚说的事了?

今天是父亲节,周游与杨姗姗昨晚说好今天吃过午饭后,送双方父亲一条香烟。

周游没有再看张琴。他是在走了几步后,想到自己没注意张琴是否老了,但周游又想到了那片焦黄色。

周游走到围观人群稀疏处,看见一群狗,以及它们说说笑笑的主人。周游在小区里,看到两只狗相会的场景都很少。周游想,人聚会,狗也沾光聚会。

周游看到狗互闻屁股,心想狗也可怜,说起来是宠物,其实都被压迫成了单身狗,难得聚在一起,岂有不思春之理?

周游看见一只高大威猛的大狼狗,一下趴到一只不知名的小白狗身上,看见小白狗的主人赶紧把小白狗抢进怀里,笑着说,去去去,它哪能架住你?看见大狼狗的主人一把拉过大狼狗说,不要脸的东西,回来。周游笑了,并突然想到狗夫妻的关系比人简单。周游又想到"狗夫妻"三个字是骂人的话。

这时杨姗姗来找他了。杨姗姗挽着周游的胳膊走向小区大门,他看到五十四栋那里依旧许多人围观。周游说,人还没散,去看看？周游说完，想到了张琴，也想到了杨姗姗不逊于张琴的容貌，以及杨姗姗比张琴性感的丰满身体。

杨姗姗说，还不都是给你们这些臭男人害的、逼的？不看不看，买烟去。

周游没吱声，心里再次不快。周游刚才进家后，向杨姗姗转述了自己的所见所闻。杨姗姗边往桌上端菜，边用这样的口气说："你们这些臭男人没一个好东西。"周游觉得不快，觉得自己没事找事。心想，好心说事给你听，却又把我扯进去，每次和你说东，你不是扯西，就是说北道南，就是不会就事说事，真蠢得伤心。周游多年不拿张琴作为被比较对象了，今天却想到了张琴，想到自己与张琴间的默契，想到与张琴说话时，会觉得呼吸特别畅快。周游知道自己是在得陇望蜀了，他懒得想下去了，懒得比较了。周游感受着杨姗姗挽着自己胳膊的老婆味，走向超市。

周游常在这家超市买香烟，知道一个柜台里是价格都在二十块钱以下的香烟，另一个柜台里是起步价二十块钱的，知道他们先到的柜台，是二十块钱以下的。周游想走向起步价二十块钱的那个柜台。

周游想买好烟孝敬父亲，他常为无力孝敬父亲而内疚。周游每月只有杨姗姗发给的两百元零花钱，他若多要，不仅会挨杨姗姗的骂，还常常一分钱也得不到。周游理解杨姗姗。周游每月工资加奖金只有两千出头，杨姗姗靠打零工挣个千把块钱。周游知道家里每月要还一千元的房贷，还要应付越来越贵的菜价、人情交往、孩子读大学的花销等，知道杨姗姗当家理财不容易。

杨姗姗并不知道柜台里香烟的摆放情况,走到柜台前就要停步,却见周游还往前走,原先挽着周游胳膊的手拉住周游说,不是给你爸买烟吗?你往哪走?

周游不说话,拖着杨姗姗继续往前走。

杨姗姗被拖到起步价二十块的柜台前停下,她的目光只是一扫,就说,香烟真贵。那副像寻求帮助似的目光,迅速移向旁边柜台,并松开挽着周游胳膊的手,挪步过去。

周游的余光看着杨姗姗的一举一动,他想到杨姗姗买菜时,挑衣服时,只要嫌贵,都有这样的动作。周游此前看见时,会想到杨姗姗是自己的老婆,会抱恨自己没钱。但今天,周游想到是给父亲难得买次东西,想到为此多花一百、两百,即便三百,还不至于让家里揭不开锅。周游不作声,低着头,一副假装认真看烟的样子。

杨姗姗说,你过来,看看买哪种,我又不懂香烟。

周游心想,只有错买的,没有错卖的,贵不贵,你还不懂啊?周游没看杨姗姗。

杨姗姗说,聋啦?

周游知道再装就没意思了,懒洋洋地走了过去。

杨姗姗说,你不就想买好点的吗?别以为我不知道你的花花肠子,我又不是不讲道理的坏儿媳,唉,都是我们条件有限,你看,杨姗姗指着柜台里十八元一包的红皖说,怎么样?十八一包,不便宜了。

周游虽然不愿意,但想到即便买另一个柜台里的烟,价钱也肯定不会超过二十。想到十八和二十,价格差不多,关键是烟品位也

117

差不多，因此周游点点头。

周游看见杨姗姗拿钱和数钱的动作缓慢而仔细，一脸舍不得与无奈的复杂表情。周游又想到这是杨姗姗平时花钱就有的样子，顿生善意，觉得不忍。周游为了减少杨姗姗这样的不愉快经历，好心好意提醒说，别只买一条，把给你爸的也一道买了。

杨姗姗说，我爸的，先不忙。

周游知道杨姗姗想玩名堂了，知道杨姗姗给她父亲买的香烟肯定不止一百八了。周游没吱声，他习惯了杨姗姗的这种偏心。

周游到家的时候，见父亲正要出门。周游说，老爸，你出门？

父亲说，你吴伯伯昨天夜里走了，我先到他女儿家送奠仪，同时也嗯地回应了杨姗姗喊的那声"爸"。

周游说，他女儿家？

周游的母亲说，你吴伯伯出院后，他女儿抱怨李阿姨让你吴伯伯苦了一辈子，硬要把你吴伯伯接回家。

周游说，他女儿不是一直恨她爸，从不看她爸的吗？

周游对吴伯伯和李阿姨的事情略知一二。吴伯伯年轻时死了妻子，刚好与他对门的邻居李阿姨也死了丈夫，一来二往，熟人牵线，两人走到了一起。听说从那时起，吴伯伯的女儿就恨李阿姨和李阿姨的三个儿子。周游还听说李阿姨对吴伯伯不错，只是在钱上卡得特紧，即便吴伯伯捡垃圾卖的两块钱，李阿姨也要吴伯伯交出一块。周游起初觉得李阿姨太抠，但知道世事艰辛后，又觉得李阿姨的举动很正常。

父亲说，唉！毕竟是她爸爸，到了时候了，总归舍不得的，况且

118

你吴伯伯是经常去她家的,积蓄也一直放在她那里的。

母亲说,你李阿姨伤心得不轻,说夫妻一场,三十多年的感情,老头子最后舍不得的还是女儿。你知道的,你吴伯伯住院时,你李阿姨明显瘦了一大圈,天天忙着买菜送饭,还到庙里求菩萨。

父亲说,你吴伯伯对李阿姨的三个儿子又不差,把他们养大,还一个个帮他们成了家,你吴伯伯很尽力了,不然偷偷摸摸想攒两个钱给女儿,也不会至今还不到一万。

母亲说,你李阿姨的三个儿子还算有良心,老头子住院时,他们都陪夜服侍的。

父亲说,唉!老吴可怜啊!顾了这头顾那头,自己苦得要死。父亲说完要走。

杨姗姗说,爸,等等。杨姗姗递上香烟,说,今天是父亲节,这是我们孝敬你的。

父亲笑了,说,有心就行了,有什么节不节的?还买东西花钱。

杨姗姗说,应该的。

父亲说,买这么好的烟干什么?他望了望周游,说,你拿去,年轻人讲个面子,我老头子了,抽什么都一样。

周游说,不不不不不不不不……周游的嘴上"不"字不停。

父亲说,那我们一人五包,不要再啰唆了,否则我一包也不要了。

周游的嘴上更加"不"字不停,伤感起来。

周游和杨姗姗再次来到超市时,杨姗姗挽着周游胳膊的手,在距离柜台很远的地方就松开了,杨姗姗还疾步前行,把周游甩在身后。

周游望着杨姗姗快速前行的身影，笑了，心想，给你爸买东西就是积极，看你舍得买多少钱的。

周游听见杨姗姗对服务员说，拿一条中华。周游以为听错了，但又知道不会听错。周游想，你也太偏心了吧？

杨姗姗喜气洋洋地望着走到跟前的周游说，那天回家，看见我爸把人家给他的一根中华烟分了三次抽，说好烟舍不得一次抽完，说中华烟是最好抽的，我就决心哪天非要买一条给他了。

杨姗姗见周游不作声，说，我爸把我们这么多子女养大真不容易，真吃了不少苦，他自己……

周游知道杨姗姗又要说她父亲如何辛苦了，想到自己听了一千遍都不止，同时觉得这里不是说这些话的场合，便说，先买烟，先买烟。

周游看见杨姗姗付钱时，又露出平素花钱时的样子，他又想到杨姗姗是自己的老婆。周游于心不忍了，搂住杨姗姗的肩膀说，给你爸的，花就花了。

杨姗姗拿着烟，说，烟是好烟，就是太贵了，实在买不下手。

周游心里说，我可怜你是真的，骂你是偏心婆也是真的。嘴上说，你爸为你们苦了一辈子，你花再多也不冤。

杨姗姗高兴地望了望周游，挽住他说，我到时就说是你买的。

周游说，你买的，我买的，还不是都一样？

杨姗姗说，当然不一样了，你是女婿。走，我们回家。

到了家，杨姗姗的父亲正低头剥毛豆，杨姗姗像小鸟一样蹦跳过去,嗲声嗲气地说,老爸,父亲节快乐!

杨姗姗的父亲目露慈爱,笑着说,什么节不节的? 女儿回来就是节。同时也嗯地回应了周游喊的那声"爸"。

杨姗姗说,老爸,这是周游孝敬你的好烟,是你最喜欢抽的中华。

杨姗姗的父亲刚说到"你们条件也不好,下次不要……"杨姗姗的弟弟就从里屋冲了出来,说着"乖乖,是中华,果然是大中华",不等杨姗姗反应过来,就从她手中拿走了香烟。

杨姗姗边夺边说,老爸,啃老族抢你的香烟啦。

杨姗姗的父亲笑着说,没出息的东西,刮我的皮,还刮你姐姐的皮。

杨姗姗的弟弟躲过杨姗姗,边拆香烟边说,老爸,我拆了噢。

杨姗姗的父亲依旧笑着说,姗姗,随他这个不争气的东西去,他就这点出息。

杨姗姗停止了争抢,一副不甘心的样子。

杨姗姗的弟弟拿出一支,递给周游说,二姐夫,先孝敬你。又掏出一支递给他的父亲说,老爸,这是老姐孝敬你的。

杨姗姗的父亲说,你还好意思说是你姐姐孝敬的?

杨姗姗说,活脱脱一个强盗。

周游笑着望着这一切。杨姗姗的弟弟比杨姗姗小十八岁,又是杨家唯一的儿子,被父母亲、姐姐们,还有后来的姐夫们宠让惯了。

周游和杨姗姗离开杨姗姗父母家后,周游说,后悔了吧? 那条好烟,估计被你弟弟吞了。

杨姗姗说,不会吧? 管他呢,我尽心就行了。

周游笑了笑。

杨姗姗说,不管怎么说,我爸肯定能抽到,抽一根也是抽。

周游和杨姗姗回到小区大门时,听见门岗的保安正对围拢他的人说,上午是女的要跳楼,现在女的心愿满足了,乐滋滋地走了,男的却站到了女的先前站过的地方,他也要跳楼了。说他怎么还会对这个女的发善心,说这都是上了警察那些鬼话的当了,说他根本不该把存折给女的。说女的其实厉害得很,诡诈得很,钱到了她的手上肯定不会有好。说警察不把存折给他,他肯定要跳楼。

周游和杨姗姗都惊讶了。

海市蜃楼

李凯远远看到彩票售卖点高挂的红色喜报,顿生好运降临的强烈预感,仿佛只要他踮踮脚、伸伸脖,就能够到那五百万。李凯觉得易如反掌,李凯也真的翻转了一下他的手掌,他感到顺利。李凯觉得以往买了彩票不中奖的担心,是傻得连花小钱发大财的好事也不知道做。李凯早想买彩票了,他不相信自己命里无钱,会与汽车和大房子无缘。李凯总觉自己的一生中,会有钞票多多的那天。

李凯掏钱的时候,掏到了囊中羞涩。李凯想到自己抽低档香烟,想到父亲抽更劣等的香烟,想到母亲打次出租车都要心疼好几天。李凯觉得自己是个穷人,仿佛还是天生的穷命。李凯顿感自己的目光只能,也只配看到彩票售卖点老板那双粗糙的手,直觉购买彩票就是购买空想,觉得中五百万的好事,应当发生在别处,总之就是和自己无关。

李凯每月有两千元的收入,他觉得这种毫无买车买房能力的收入,让自己和马路的越来越宽阔毫无关系,和路边的饭店、宾馆、酒吧、商场毫无关系。李凯认为城市的繁荣,无非是马路越来越宽阔,路边花钱享受的场所越来越多。李凯知道这些地方不是天堂,认为它们起码是一个大活人想去就能去,或至少是偶尔能去的地

123

方,只有这样,才能体现出"活着"这个词的现代性。李凯常常为此恍惚自己是不是活在现代,甚至是不是活在人间。李凯常常觉得繁华的城市,像个居高临下轻视自己的恶霸。李凯为自己只能吸食汽车尾气和车轮扬起的灰尘感到不平,感到受了欺负。

李凯想过劳动致富,但他发现这年头最不值钱的就是体力。李凯也想过经商,苦于没本钱。李凯知道父母牙缝里省下的积蓄有多少,知道这是留给自己娶老婆用的,此外的任何用途,都是父母不会允许的。李凯也担心经商的风险,不想真的动用这笔钱。李凯要为自己留条拥有老婆的新生活之路。李凯挣钱无门,想不通富人的钱从何而来,觉得富人仿佛是外星人。

李凯合计来,算计去,觉得自己脱贫致富的唯一道路就是买彩票。李凯感慨人间还有这么一条可能改变穷人命运的路。李凯想到自己的收入已经面临太多的需求窟窿,若再花钱买彩票,却又不能中奖,只会增添新的窟窿。李凯购买彩票的行动,才一拖再拖。

李凯想反身走出彩票售卖点,但想到别人中奖的事实,又看到门口那幅高挂的红色喜报,李凯决定试试运气。

李凯付钱的时候,有股遭遇抢劫的感觉。但李凯接过彩票,又觉得彩票像一把即将打开宝库大门的钥匙。李凯想到《阿里巴巴和四十大盗》的故事,觉得这样的宝库仿佛就在不远处,正等着自己前往。

第一个知道李凯买彩票的人,是李凯的女友玲玲。她看到李凯手中的彩票,如同看到李凯正在撕钱,她恼怒地说,脑袋进水啦?

李凯说，就五注，十块钱，说不定就发大财了。

玲玲给了李凯一个白眼，说，十块钱不是钱啊？口气大得好像有多少钱似的。你说，你总共才有多少个十块钱？

李凯说，我也不想买，但想到花十块钱可能换来五百万，想着划算，想着也是发财的一条路。

玲玲说，什么一条路两条路的？什么划不划算的？我只知道浪费钱的路，不是傻路，就是死路。

李凯说，别人又不比我们多只胳膊多条腿，别人能中大奖，我们说不定也行。

玲玲说，全世界就你最聪明，最知道怎么发财。买彩票若能发财，满街鸽子笼一样大的彩票售卖点早就被挤破了，被踩平了，还会专门等着你这种大头呆子去买啊?！

李凯说，小小的付出，也许就能暴富，万一中了，那还得了？

玲玲说，那每次只准买一注，是一注！只准花两块钱。

李凯说，太少了吧？

玲玲说，送钱的事，傻瓜才大方。我已经让步了，休提条件，休想得寸进尺。

李凯说，买得越多，中奖的概率肯定越大。

玲玲说，每期都有几亿注，买五注十注一百注，都和大海中的一滴水没区别，和只买一注也没多少区别，真有运气，一注就中，否则买一万注也没用。

自此，李凯和玲玲一道猜号码，一道买彩票。每当开奖之际，两人早早地守候在电视机前，激动地等待着，仿佛只要开奖，电视机里就会突然伸出一只手,一把将他们拉进富裕生活里。但结果始终都是他们望着再熟悉不过的数字感叹和懊悔。为了消解郁闷,他们常常奋力亲热。

李凯和玲玲想到好运降临时,感到中五百万不难,仿佛五百万像个正要举手敲门的人;在他们感叹中个小奖也真难时,感到猜中五百万的中奖号码,简直比大海捞针都难千万倍。

李凯的一些同事知道李凯买彩票了,讥嘲李凯做梦想屁吃。说李凯天生土疙瘩的命,捡到黄金也会化为铜。说李凯就买两块钱,对福利事业这么抠门,老天爷不仅不会让他中奖,还要惩罚他。

李凯觉得自己买彩票,和这些人吃饭、拉屎的行为,在本质上没区别,都属于各做各的事。李凯想不通自己怎么得罪他们了。李凯暗骂,我买我的彩票,我花我的钱,得罪你们了吗?两块钱也是钱,总比你们一分不掏好。我还没发财你们就嫉妒,我非要发个大财气死你们。

李凯的同事里,也有不少彩票迷。他们只要谈论彩票,就会认为自己猜测的号码最有中五百万的可能,常常吵得一个个脸红脖子粗。李凯在单位也懒得提及彩票。

李凯的彩票知音,是彩票售卖点的张老板。李凯中个五块十块的小奖,张老板都会替李凯高兴,一遍遍说,乖乖,又中奖了,有本事,恭喜恭喜! 有时他还会凑近李凯的耳朵,指着某人的背影说,这家伙真傻,一点点猜准号码的本事也没有,至今都没尝过中小奖的滋味。李凯对中小奖没兴趣,但想到这也反映了自己猜号的本事,甚至是来自老天爷的眷顾,李凯信心倍增。张老板付钱给李凯时,常常挑张新钱,抖得呱呱响地说,我专门给你新钱,给你带来发财新气象。李凯知道新钱的价值不会比旧钱大,但还是觉得开心。

每当李凯什么奖也没中,张老板就会表情凝重,仿佛欠了李凯似的说,都怪这期的号码太邪乎,这哪里是人能猜到的?好在日子还长,机会还多,坚持就是胜利。有时他还会拿出一张纸条,神秘兮兮地说,这是我研究了不少日子的号码,我也买了两注,也给你看看,做个参考。李凯感谢张老板掏心窝地帮助自己。李凯起先也讨厌张老板这样热情,觉得这样的商业客套太虚伪,无非是为了拉住顾客。但张老板始终为自己或喜或忧的表情,让李凯觉得张老板人好,也理解自己。

一年下来,李凯和玲玲不仅与五百万无缘,甚至连末等奖也很少中。玲玲只要说及彩票,就像说及苦难,说及仇恨。玲玲的彩票购买欲被彻底摧毁。李凯也像玲玲一样认为越是坚持,越会输掉更多的钱,他很想收手了,但想到已经付出的钱,不甘又心疼。越是不中小奖,李凯越是觉得会有中大奖的可能。他认为这是老天爷在考验他的诚心和耐性。李凯又想到好事多磨,想到只要坚持买,就会与五百万的大奖有缘。李凯觉得自己像赌徒,觉得自己比玲玲更在乎得失,但他更觉得自己是在拼搏,是在追求,是为了实现美好的生活。

李凯给自己定了许多规矩,比如,没洗澡就不能去买彩票。李凯认为好运不会降临到肮脏的人身上,觉得古人祈福前斋戒是有道理的。李凯为了提高中奖概率,购买方式也从单注发展到了复式,为此和玲玲吵架也不在乎。李凯认为玲玲是头发长见识短。

李凯向玲玲要钱。李凯和玲玲即将结婚,李凯的父母已为李凯购置了新房。李凯认为他和玲玲等于一家人,向玲玲伸手,等于伸向自己的口袋。玲玲起先也给,尽管李凯要五十,玲玲只给二十或十块。但后来李凯毫无收获,玲玲不仅不再给钱,还在争吵后,哭着向李凯的父亲告状。

李凯的父亲不相信天下会有不劳而获的好事,相信即便有,也不可能落到李凯的头上。李凯不满父亲看轻自己,他认为自己已经长大,认为尊重父亲、孝顺父亲,不等于服从父亲的霸道。李凯不听父亲的,父亲多次劝说无果,又听说玲玲要和李凯分手,父亲不仅骂李凯,还打了他。父亲以前从没打过李凯,他说李凯这次是昏头昏得实在不像样子了,实在让他忍无可忍了,说李凯只要还买彩票,就见他一次打一次。

李凯数次被父亲追着打出门后,不再逃跑了。李凯说自己是回家看母亲的,家并不属于父亲一个人。李凯再次被父亲打得抱头鼠窜后,父亲只要看见李凯,不是外出,就是进入另一房间。李凯不恨父亲,他知道父亲是为自己好,只是思想顽固。

恋人间没有父子那种割不断的血缘亲情,李凯和玲玲彻底分了手,玲玲说她不能和赌鬼过一生。李凯不恨玲玲,也没觉得亏欠玲玲。李凯觉得共同承担买彩票的压力,正能体现他和玲玲的恩爱,现在玲玲不愿和自己同甘共苦,即便不分手也会过得没意思,只要玲玲真想离开,是挡也挡不住的。

李凯下定决心要中五百万,要让父亲高看自己,要让玲玲后悔得吐血。

玲玲的离去,让李凯觉得新房子冷清了,周围的楼群冷漠了,人间的喧闹和美好仿佛都远离了自己。李凯感到孤独,感到人生不如意。李凯不相信一个人会老是倒霉,甚至相信倒霉越多,获得的福气也越大。李凯觉得自己倒霉,还没达到令老天爷满意的程度,所以不能中五百万,他决定过倒霉的日子。李凯认为倒霉就是吃苦,就是过苦日子。李凯这么决定后,觉得好运仿佛天边的云,开始飘向自己,越来越近,觉得彩票上的数字更大更清晰更亲切了。李凯想吃苦,想多吃苦,想吃大苦。

李凯开始吃苦了。

李凯在伙食上,只吃稀粥加馒头。他常常一手拿着馒头,一手端着稀粥,照着镜子,问,喝粥活着和吃肉活着有区别吗?李凯回答,都能活着,都是活着,没区别。天天大鱼大肉,也会吃厌的,记住,你真正的美味是五百万。

在穿着方面,李凯决定只穿工作服。李凯穿上工作服,照着镜子,问,为什么穿衣服?李凯回答,穿衣服无非为了保暖和遮羞,工作服又牢又厚,效果肯定很好。记住,你真正的衣服是五百万。

李凯这么做,当然也是为了省钱买彩票。

过了几天这样的生活,李凯觉得馒头噎喉,但李凯会狠狠地啃上一口,视之为吃苦。李凯觉得稀粥涩喉,也会狠狠地大喝一口,把喝出的稀里呼噜声视作激励自己奋进的昂扬进行曲。

李凯想改善伙食,也会照着镜子,咬牙切齿地瞪着自己,然后问自己,你是穷命吗?然后回答,你若是穷命,活着等于没活。李凯说着,举起右手,做成枪形,对准自己,冷冷地说,真是这样,你还不如砰的一枪趁早结束。坚持,坚持到底就是胜利!

李凯想吃苦,因此在工作中,不仅抢着干又苦又累的脏活,还总是没事找事干。比如见谁忙,他就赶紧上前帮忙。不是李凯值日,他也扫地、打开水、擦窗户、擦桌子等等。李凯受到领导和同事的表扬,每月的奖金,也加入班组较高者行列,还常常受到领导暗地里嘉奖。李凯想到会有更多的钱购买彩票,增大中奖概率,感谢吃苦的好处。

李凯的表现,也招来了闲话。有人说李凯受了失恋的打击,变得神经兮兮了,说领导不劝李凯看病,还表扬他,等于鼓励李凯犯神经,说领导缺德,李凯可怜。李凯气得想骂他们,但想到忍气吞声也属于吃苦,李凯忍下了。

李凯的吃苦表现,是时时刻刻的,是方方面面的。比如李凯看见老人拎重物,他就赶紧上前帮忙,看见民工搬运砖块和水泥,也立即上前帮忙。尽管李凯常常遭到拒绝或奚落,比如遭到老人拒绝,比如成为民工眼里的怪物,李凯还照样如此。李凯理解现在人的防范心理,理解现在人相信干活就为钱的习惯思维,也明白自己这么做,只是为了自己,一旦计较,等于和自己计较,和中五百万的好运计较。

李凯每天都会盯着墙上的那些已是一等奖的号码。李凯想找到规律,奢望与幻想自己看到神、佛、上帝才能看到的天机。李凯觉得自己已经吃了苦,只要使劲盯着看,就会看到奇迹。

一天,李凯中五百万了——这当然是在梦中——李凯在狂喜中醒来,第一个念头是以为吃苦吃来了福气。李凯为这一切失落时,脑海中仍清晰地闪现梦里中了一等奖的那组号码。李凯讨厌这一切是假的,也讨厌这些数字。

当李凯觉得这串号码也许是上天的暗示,也许真能中五百万,决定用它们购买彩票时,他发觉正是刚才的排斥行为影响了记忆。李凯想写下这几个数字时,总觉第四个数字也许是八,也许是七,也许是三。李凯决定把它们统统买进。

李凯没想到,就是这些数字让他中了三千元的四等奖。李凯第一次中了这么大的奖,他没想到中奖这么简单。李凯痛心自己只差两个数字就中五百万的同时,突然想起一等奖的数字真真切切地在梦中出现过,是自己写错了。李凯懊悔得恨不得一头碰死算了,他真想时光倒转。

李凯为父亲、母亲各买了一件羊毛衫,想改善父子关系。李凯满以为父亲会接受,但父亲不仅将羊毛衫扔在李凯的脸上,还说李凯这辈子穷得不光屁股,就已经算李凯孝敬他了。当母亲流着泪去捡羊毛衫时,父亲抢先捡起羊毛衫扔到门外,并指着大门,叫李凯滚蛋。

李凯中奖,同事们纷纷说李凯的运气好,有的甚至说李凯就是比他们勇敢,敢和命运赌。他们说这些的同时,也希望李凯请客。这些夸赞李凯的人,笑眯眯地走进饭店,在酒足饭饱后,却说李凯中奖是骗人的,说他中奖不可能,但中风还是可能的。他们的话,气得李凯后悔请客。

不久,李凯收获了爱情,这是他没想到的。李凯全身心关注彩票,默默耕耘发财之梦,几乎忘了自己是个男人。

　　爱上李凯的女人,就是彩票售卖点张老板的女儿娟娟。李凯一直觉得他和娟娟之间,只是一手付钱,一手交彩票的关系。去年夏天,李凯在娟娟低头找钱时,看到了娟娟的乳沟。李凯的脑海中闪了闪和玲玲交欢的场景,他觉得这条乳沟不会属于自己。李凯买彩票,起初和娟娟还有简单的对话。李凯说,买彩票。娟娟说,怎么打?李凯递上写有号码的字条说,照打。后来随着两人熟悉,李凯至多在娟娟打号的时候说,张老板有事,又让你看店啦?娟娟有时会答声“嗯”,有时不作声。再后来,两人连话也不说了,总是李凯递字条,娟娟打印,李凯付钱,娟娟收钱,一切尽在无言中。

　　李凯第三次中了三千元后,读懂了娟娟的笑,读懂了娟娟让他请客的含意。之前,众人围拢李凯,向李凯取经猜测号码的诀窍,李凯看到娟娟始终微笑地望着自己。李凯觉得这很正常,毕竟自己中奖,会激起更多彩迷的激情和信心,会给娟娟家带来更多的收益,娟娟当然要笑。因此,娟娟软语娇声地让李凯请客吃饭时,李凯觉得娟娟家天天都赚自己的钱,居然还好意思向自己开口,李凯没当回事。直到娟娟再次让李凯请客,李凯想到娟娟的乳沟,心中忽然有了骚动,觉得即便不和娟娟发生什么,和女人吃吃饭也蛮好的,便爽快地答应了。

　　吃饭时,两人的话题始终围绕彩票。李凯觉得娟娟是他的知己,要有这样的女人做老婆就好了。当李凯从娟娟的眼神和言语中,读懂了娟娟希望更深交往的信息时,他感觉自己仿佛中了奖。

娟娟说李凯买彩票时的样子很潇洒,太有男人味了,所以喜欢上了李凯。李凯爱听这话。

此后,李凯昵称娟娟为彩票,娟娟昵称李凯为暴发户。李凯觉得有了娟娟的陪伴和出谋划策,尤其娟娟看到李凯每天只吃馒头稀饭时流出的眼泪,以及他们在泪水里的欢爱,李凯感到购买彩票时的信心大增。两人也商定结婚后过几年再要孩子,将钱投资在彩票上。

娟娟的到来,改善了李凯和父亲的关系,回到了李凯买彩票前的状态。李凯感到幸福,也感到时光的倒流,迷茫自己和父亲之间究竟发生过什么,觉得人生如梦。李凯的父亲拿出所有的积蓄操办了李凯与娟娟的婚事。

李凯与父亲的关系改善了,却与娟娟父亲的关系恶化了。张老板知道李凯与娟娟谈恋爱后,一反过去欢迎李凯买彩票的态度,先是好言劝李凯不要相信这种骗人的事,卖彩票给李凯时,也总是一脸怒气地拿过李凯的钱,一片白眼地递去彩票。一个月后,他干脆不卖彩票给李凯了。

李凯早就嫌张老板烦了,只是因为要照顾张老板的生意,才忍气吞声地在张老板这里买,如今张老板不卖彩票给李凯,正好给了李凯自由。到处都是彩票售卖点,难不住李凯的。

李凯与张老板关系恶化的原因,除了张老板反对李凯买彩票,还有娟娟只要替父亲看店,就会把收到的营业额全部给李凯买彩票,气得张老板骂自己生了个吃里爬外的混蛋女儿,责骂李凯这个赌鬼带坏了娟娟。当张老板让娟娟要么跟着赌鬼李凯,要么和他这个父亲断绝关系时,娟娟哭着站到了李凯这一边。李凯感动,发誓这辈子会对娟娟好,并设想中了五百万后,为娟娟买这买那来报答娟娟,感动得娟娟热泪盈眶。

正当李凯和娟娟满怀信心为中五百万奋斗时,娟娟怀孕了。李凯劝娟娟打掉,说多个孩子多出许多花销。但娟娟不答应,理由是第一胎生的孩子聪明,说即便有了孩子,彩票还是可以买的。

起初,当李凯说娟娟怀孕怀得不是时候,娟娟玩笑着说李凯的那个东西太厉害,连避孕套也能穿透。但当娟娟第一次感受到腹中的胎动,母亲的本能让娟娟立即劝李凯减少一半购买彩票的费用,娟娟要用这些钱购买营养品。娟娟的话题,也从彩票转向腹中的胎儿。李凯感到先前的那个娟娟变了,但他并不在意娟娟的变化,毕竟孩子也是李凯的,这也让李凯感到亲切与温暖。

孩子出生后,娟娟成天"心肝""宝贝"地宝贝孩子,总是买最好的物品和食品养育孩子,经济骤然紧张。娟娟勒令李凯以后不许买彩票,说有钱还不如花在孩子的身上。

李凯知道娟娟的话没错。李凯再买彩票时,总有从孩子牙缝里省钱的心疼感觉,但这更增强了李凯非要中五百万的决心。李凯不想自己的孩子也过穷日子。为了避免矛盾,李凯开始藏私房钱了。娟娟也不是傻瓜,两人为这些琐事开始争吵,即便李凯说每次只买一注,娟娟还是坚决反对。李凯的父亲知道这些后,气得病倒了,当然是娟娟告的状。但不管父亲如何责骂,娟娟如何反对,李凯坚持购买彩票。结果,李凯和娟娟离了婚。娟娟离开李凯的理由和玲玲一样,都是不想和赌鬼过一生。李凯的父亲也气得病情加重,不愿看见李凯。

李凯这次不仅感到孤独,感到冷清,还感到了自己的渺小,小得李凯都不知道自己究竟是什么。李凯想到任何事情都觉恍然如梦,甚至有种不知道怎么活的念头,觉得东南西北都是挡住活路的高墙。李凯觉得自己原来是想冲向幸福的,但反而冲进了痛苦。

李凯再想到彩票,觉得一切关于彩票的事情,似乎发生在很久远的过去,甚至迷茫它们是不是和自己有关。李凯感叹活出快乐的滋味真难时,想到了自己先前吃苦时,曾中过几次三千元的奖,想到有了娟娟后就不再吃苦了,想到自己都把当初的决心和计划中断了,老天爷又怎么可能眷顾自己?李凯决定像以前一样重新吃苦。李凯决定,要么中五百万活出新样子,要么就苦不拉几地这么活下去。李凯还想到了静坐,想到静坐时兴许就能悟出一等奖的号码,这也成为李凯每日的必修课。

但两天之后,李凯总感觉吃苦像是犯贱,总觉自己吃苦的劲头不足,比如总是视啃馒头为苦难,不仅再也没有大咬一口的气度,还越咬越小口,甚至干脆扔掉。同样,喝稀粥发出的声音,也仿佛变成了越听越心酸的哭声。李凯不再照镜子,李凯懒得看见自己倒霉还没钱的穷鬼形象。李凯在单位虽想吃苦,但觉得身子异常沉重,重得挪步都难。李凯在路上虽想帮助他人,但缺乏走上前去的动力。李凯觉得自己变懒了,懒得只想静坐,只会静坐,但李凯又觉得自己的心一点也不懒。李凯视之为深入研究彩票号码的一种状态。

一天,母亲打来电话的时候,李凯正盘腿静坐。李凯平日里也只能接到母亲的电话,李凯估计是母亲打来的,但没接。李凯不想此时受到干扰,李凯正竭力思考一等奖号码可能会有的数字。

李凯回电话时,无人接听,他的心中产生一丝不祥,想着赶紧回家看看,但李凯觉得过于担心了。李凯买好彩票后回家,从邻居的口中得知父亲被送进了医院。李凯赶到时,只看见死去的父亲。李凯恼恨彩票把父亲气病,恼恨彩票没让自己见上父亲的最后一面,恼恨任凭自己多努力,就是不中五百万。李凯用烟头在手腕处连烫七下,决定再也不买彩票。李凯掏出刚买的彩票,将它们撕得粉碎。李凯边撕边骂,你他妈的就是能中五千万、五个亿,我都照样撕了你。李凯只想好好办理父亲的后事,再接母亲住到一起,开始新的生活。

李凯办完父亲后事的那天,在伤感中,痛恨彩票让自己倒霉透了。李凯恨得咬牙切齿时,突然想到父亲活着只是一个人,只有人的能力,但父亲的死让父亲成为冥冥之中的一员,有了人不可能具备的神秘能力。李凯强烈预感父亲会在冥冥之中帮助自己实现中五百万的愿望。李凯坐不住了,他买好彩票,看看蓝天,觉得父亲就在天上的某处望着自己,目光慈爱。

往事如烟

1

一九七三年,我读小学一年级。一天放学后,我把自己想象成四蹄撒花的马,一路飞奔,冲进家门,冲向饭桌上的大茶缸,并响亮地喊道,奶奶!

我没看见奶奶,但知道奶奶在里面的房间。我放学回家的第一件事就是喝水,奶奶会准备好满满一茶缸温开水。

我大口吞水。茶缸里的水浪一拨拨冲向缸底,又倒退回来,我仿佛在吞咽海浪。

慢点喝,咕咚咕咚像头牛! 奶奶说。

我的余光看见了奶奶瘦小的身影。我喝出了更响的咕咚咕咚声。

慢点喝,又没人和你抢! 总渴成这样,成天疯。奶奶的食指轻轻点了点我的头。

我更加得意。

还想笑,会呛到的,看我打不怕你,好好喝!

我知道奶奶只是说说而已。

我把茶缸里的水喝个精光，打着饱嗝把茶缸朝奶奶的手里一捅，说，奶奶，还渴，还要喝。

还喝？肚子通大海啊！奶奶接过茶缸，没像往常那样走开，而是看着我，张了张嘴想说什么——我很熟悉奶奶的一举一动——但她什么也没说，慢慢转过身，慢慢走开了。

我打了几个饱嗝，突地吐了一口长气，又像乱撒蹄子的犟驴，蹦蹦跳跳地解背着的书包，嘴里还不停地发着嗨嗨声。我忙活了半天，才坐到桌子旁做作业。我的学习态度很讨奶奶和邻居的欢喜，他们都为此夸我是好孩子。

窗外阳光灿烂，房子和人显得很亮。

我在草绿色线条的田字格本子上，一笔一画地写着"爸爸"的"爸"字。我每次看到又大又方的田字格，都觉得它们像一只只睁大的眼睛。

我写完二十遍"爸爸"的"爸"字，刚要写"妈妈"的"妈"字，奶奶走了过来。平时，奶奶看到我认真做作业，会露出慈祥又自豪的微笑，但今天，奶奶呆呆地立着，目光呆呆地落在她的脚前。我吓了一跳，紧张地望着奶奶。

奶奶的嘴嗫嚅了几次，终于很轻很弱地说，单单，你爸爸和你妈妈离婚了。奶奶说完，眼里涌泪，便低下了头。

我紧张顿释。我以为大人离婚，与我和小伙伴闹别扭没区别，无非是双方假装不认识，一旦有谁先和对方说话，不仅会和好如初，甚至比以前更亲密，我相信爸爸妈妈会和好的。我还想到他们就算离了婚，我也不会少了爸爸或妈妈的。

138

我很少想起爸爸和妈妈,即便现在抄写"爸妈"两个字,我也没想起他们。我一直和爷爷奶奶生活在上海的一条狭长的弄堂里。我见过的妈妈,是两寸黑白相片上,那个眼睛很大,有着两个酒窝,人人都夸她漂亮的女人。我对妈妈很有好感,人家说我像妈妈一样漂亮时,我真为我和妈妈都是漂亮的人感到自豪,还会想到漂亮妈妈对待小孩,肯定比不漂亮的妈妈好。我相信我妈妈肯定不会像刚刚的妈妈,动不动就骂刚刚,打刚刚。我很想知道妈妈会怎么对我好,但又见不到妈妈,觉得妈妈离我最近,又离我最远,觉得妈妈很空,也很实在。

　　爸爸是我最不想见到的人。他凶巴巴的,从来不抱我,不陪我玩,不买东西给我吃。自从他像拎小鸡一样抓起我,把我横担在他的双腿上,扒掉我的裤子,使劲打我屁股,打得我知道了人间还有如此可怕的打击,我就再也不想看到他了。我想不通爸爸为什么这样对我,觉得我们天生有仇似的。好在他只有出差才来上海,待不了几天就走,我深感庆幸。

　　我看到奶奶脸上泪水流过的地方,粘着几根花白头发。我弄不懂奶奶为什么要伤心流泪,觉得奶奶可怜,顿感手足无措,也就更加讨厌爸爸,认为肯定是他凶巴巴地欺负了妈妈,妈妈才要离婚的。想到爸爸是大人了,还惹奶奶生气,把奶奶惹哭,我真想让爷爷揍他。

　　奶奶唉地长叹一声,缓缓转过身体,拖动着像是重得抬不起来的双腿,边走边抹泪。

　　我望着奶奶的背影,很想把闹了别扭还会和好的道理告诉她,但想到奶奶是大人，应该知道。我正想着，奶奶突然转过身，对我说，都是你妈妈这个臭婊子把个好端端的家弄散了。

我的耳边仿佛响过一万声炸雷。我恐惧至极，软得像摊烂泥，感到寒气像长长的队伍，钻进我的肚脐眼。我每次看到弄堂里的婊子阿秀，总见她低着头，眼睛紧盯鞋尖，脚步飞快，不敢看弄堂里的人，像只仓皇的老鼠。阿秀连弄堂里的流氓也不敢看。流氓骂她时，露出下流兮兮的笑，阿秀也假装听不到。我不知道她干了怎样的坏事，但推测婊子肯定干了最不要脸的事，否则不会连不要脸的流氓都怕。我看过一只无产阶级的大脚踩着一窝坏人的巨幅漫画，推测坏人只能活在好人脚底，最被人看不起的婊子，应该在最底层。这时正闹"文化大革命"，我更知道坏人会被批倒批臭，一辈子不能翻身。我是坏人的儿子，肯定会被当成坏人。我怎么能不害怕自己只能活在人们的脚底，不恐惧一辈子都不能翻身呢？

我真希望奶奶说了其他内容，这样，妈妈就和婊子无关了。但我听得特别清晰。我突然感到手上和脚上全是力量，很想毁坏些什么，但又不知该去毁坏什么。我望向窗外，觉得外面的人都很亮，觉得自己站进阳光里，肯定没有他们亮，感觉自己完蛋了，以后也完蛋了。

我真希望自己是别人的妈妈生的，哪怕是家门口三毛的妈妈，那个动不动就用粗棍子打三毛的妈妈，或是刚刚家那个骂人就会歪嘴的丑妈妈，我甚至想到了伟伟的妈妈，那个整天坐在门口的傻子。我宁可她们做我的妈妈，也比我的妈妈强。我恨妈妈，浑身都恨她，恨她好人不做做坏人，而且做最不要脸的坏人。我觉得丑极了,恨极了,也为自己莫名其妙成了人家眼里的坏人感到荒唐。

2

我最不愿听奶奶说我怎么来到上海的故事。因为这时,我要假装自己是乖孩子,是奶奶走到哪儿,我跟到哪儿,一副认真听的样子。我假装的时间稍长,会觉得骨头里面发痒,好像有蚂蚁在爬,很难受。假如门外再有小伙伴召唤,我会觉得更痒,更难受。我会一会儿抓胳膊,一会儿抓屁股,一会儿抓头,直至乱抓一气,恨不得立即冲出家门,融入小伙伴中,和他们像飞奔的马,在弄堂里狂奔。

我假装,是我做了应该挨打的坏事。比如,我撞翻了邻居晒在门口的萝卜干,邻居上门告了状。为了不挨打,为了让奶奶相信我以后不干坏事了,为了奶奶再放我出去玩,我必须假装到奶奶消气为止。

奶奶讲故事的时候,语气平缓,也不看我,仿佛自言自语。奶奶偶尔看我一眼,也是叫我去拿扫帚、簸箕、小板凳。

我最怕奶奶剥毛豆时讲故事。小山似的一堆毛豆,粒数多得仿佛数不清,即便剥了许多粒,也难看出小山变矮。每当我看见奶奶拿个大碗,意味着要把篮子里的毛豆通通剥光,我知道需要假装的时间会很长,我就会头皮发麻,双腿无力,觉得自己生活在暗无天日的旧社会。

奶奶坐在小板凳上,把篮子里的毛豆倒在地上,拢成小山似的一堆。奶奶拾起第一粒毛豆,边剥边说,生你的那年,正好闹"文化大革命",弄堂里贴满了大字报,许多都是鬼话,说三毛妈妈有蒋介石亲手交给她的五箱子文件。三毛妈妈是一路讨饭来到上海的,怎么可能认识蒋介石?三毛妈妈还是个不识字的睁眼瞎,她要文件干什么?你不知道,当时的大字报到处都是,人人都有。但你爷爷没有,你爷爷是个老实人,是个没用的人,他和三岁的小孩说话,都会笑眯眯弯腰恭听。

奶奶将手中满满一把毛豆米放入碗中。

我看到有些毛豆米在空空大碗里弹跳的样子,觉得很像我和小伙伴在比谁够的树叶高。我看到它们在大大的碗底零星分布开,觉得剥完小山似的一堆毛豆简直遥遥无期。

奶奶说,当时天特别冷,上海也滴水成冰,我收到你爸爸的信,让我赶快去你家,说你妈妈要生了。我当然要去,但三毛妈妈为了立功,揭发我要带着蒋介石给的两大箱黄金逃跑,这不是鬼话吗?别说我没见过蒋介石,就是真有黄金,我又怎么拿得动?多亏派出所的董同志人好,把三毛妈妈训了一顿,还罚她去火车站为我买了车票,就这样,我去了名山,去了你家。

奶奶把第二把毛豆米放入大碗中,它们冲击碗底毛豆的情景,让我想到电影上解放军穷追国民党兵的样子。我兴奋,看到它们静止后还没盖住碗底,再次觉得剥完小山似的一堆毛豆遥遥无期,我觉得透不过来气,骨头里好像发痒了。

奶奶说,名山更冷,你家又在山上,水要到山下去拎,我没力气,常常一滑一个跟头,衣服也弄湿了,冷得钻心,但要服侍你妈妈的月子,我有什么办法呢?你妈妈生你的时候难产,你头大,出不来,医生问保大人还是保小孩,我和你爸爸当然都说保大人,这不是我们不想要你。

奶奶把第三把毛豆米放入碗中。我看见毛豆米铺满了碗底,刚觉得骨头里不痒了,就看见小伙伴三毛躲在奶奶看不到他的门边,朝我用力挤眼睛。我顿感骨头里痒得厉害了,却又不知道哪里痒。我恨恨地望着碗里的毛豆米,用伸得笔直的食指戳它们。我的手被奶奶打开,奶奶说,吃的东西玩它干什么?

奶奶说,你还没满月,也就是你出生的第二十七天,你妈妈的月子也坐得差不多了,我也实在不放心你爷爷一个人在家,你爷爷老实,我说我要回上海了,你妈妈不肯,但你爸爸买来了火车票。不想你妈妈裹着一件军大衣一夜不睡,非要跟我一道走,我和你爸爸拦不住。就这么,我带着你妈妈和你来到了上海。

奶奶把地上抓得散乱的毛豆归了归拢,我又看到了一座尖尖的小山,再次感觉剥完这堆毛豆遥遥无期。我感到胳膊里的骨头仿佛被毛豆上的细绒毛弄痒了,我使劲抓了起来。门外的三毛不仅使劲挤眼睛,还加上了用力招手的动作。

奶奶说,你爷爷一看你妈妈跟来了,当时就吓了一大跳。他狠狠看看我,赶紧又铺床,又冲汤婆子,让你妈妈先焐在床上,然后赶紧找邻居借了几张肉票,跑到菜场排队买了个蹄髈,炖好后,又赶紧端给你妈妈吃。你妈妈倒好,吃完喝完,从床上一骨碌爬起,把你一丢,去她南京路上的大姐家了。

奶奶把第四把毛豆米放入碗中,三毛也开始发出哦哦的怪声。

他已经发急了，不在乎奶奶知道他躲在门外了。我也痒得抓了胳膊又抓头了。

奶奶说，你妈妈以后再也没管过你，问也不问你。开始说好每月寄十块钱来的，但寄了两个月就不寄了。多亏你爷爷人好，从不说什么，为你把屎把尿，还每天为你订三瓶牛奶，买最好的奶糕，硬是把你养得比吃奶的孩子都结实。你爷爷真是好人啊！

奶奶把第五把毛豆米放入碗中，三毛已经边唱《学习雷锋好榜样》的歌，边故意在门口走来走去了，我急得两只手乱抓身体。

奶奶说完了我怎么来到上海的故事后，只顾低头剥毛豆。我呢，蹲在奶奶的对面，浑身乱抓，尤其听到三毛唱起了《国际歌》，知道三毛没有耐心等我了。我其实比他更急，但我不敢走开，我知道忍耐难受，但更怕挨打。

我有时也假装剥毛豆，我是为了偷偷扔掉毛豆，但奶奶总会捏捏我剥过的毛豆，挑出我没剥过的，反而延长了剥完毛豆的时间。

奶奶叫我把扫帚和簸箕拿来，我一弹而起，飞跑去拿，我知道要解放了。我在奶奶扫地时，小声试探着说，奶奶，我出去玩一会儿了。只要奶奶不吭声，只顾扫地，我就会飞出家门。

随着奶奶讲故事的次数增加，我悟出了奶奶管我是假，抱怨妈妈是真，我更恨妈妈。

3

我无比担心妈妈的事会被弄堂里的人知道。我经常听到"群众的眼睛是雪亮的""要想人不知,除非己莫为",深信任何人做的坏事,都会被知道的。我因爸爸妈妈生活在外地心存侥幸,巴望弄堂里的人知道得越晚越好。我有了沉重的思想包袱,看到弄堂里人的刹那,常常慌张,目光乱闪。我觉得自己像阿秀一样不敢正眼看人了。每当一天过去,想到弄堂里的人还不知道妈妈的事,我会在被窝里偷偷大笑,庆祝又平安了一天。

随着时间的推移,弄堂里一直没人说及此事,我也淡漠了那股不安。

一天,我听见奶奶和弄堂里的几位老奶奶说着爸爸妈妈的事,我紧张得僵住了。

奶奶说,任凭德华怎么打她,她就是嘴硬不承认,还拍着胸脯向我保证,说她是被冤枉的。但结果呢,那个男的被保卫科打得实在招架不住,不仅承认了,还说出她的下身有两颗痣,她才没话说了。

老奶奶们异口同声地说该死啊,该死。

奶奶说,离婚怎么能怪德华呢? 我也劝德华看在一双儿女的分上忍忍算了,但德华说一万件事情都可以听我这个做娘的,就是这件事不行,说前走后指背的日子没法过。

老奶奶们异口同声地说是啊是啊,又你一句我一句劝奶奶不要生气了,要想开些,说我爸爸年轻漂亮又识字,不愁找不到好老婆的。

奶奶的话,我已听她向爷爷说过,知道奶奶话里的她,是指妈妈,那个男的,是指和妈妈一道干坏事的坏蛋。我不懂男女之事,但相信肯定是这个男坏蛋教唆妈妈做坏事的。我也不懂保卫科是干什么的,却一直想去保卫科痛打他。我还认为奶奶话里的下身,是指腿。我是这么理解奶奶的话的,妈妈做了坏事不承认,爸爸打了她,妈妈骗奶奶,说她被冤枉了,直到那个男坏蛋被保卫科打得招供了,说出了妈妈腿上有两颗痣,妈妈才无话可说。爸爸因为妈妈做了坏事,怕丑才要离婚,才没听奶奶的话。

我觉得奶奶只是说了爸爸妈妈离婚的事,以为老奶奶们的理解和我一样,觉得老奶奶们再聪明,也不会猜到妈妈是婊子的。我放心了。

奶奶和老奶奶们又说到了我。奶奶说,他们离婚,苦的是孩子,好好的一对儿女,金花配银花,多好啊,多少人家想都想不到啊,但德华现在只能要单单了,把女儿给了她。

老奶奶们又异口同声地说那当然,那当然。她们又你一句我一句说我可怜,有两位老奶奶还唉唉直叹气。

我没想到别人也因为爸爸妈妈的离婚说我可怜。爷爷自从知道爸爸妈妈离婚后,就再也不许奶奶打我了,甚至骂也不行。爷爷会在奶奶想打我骂我时,把我抢到他的身后,表情严肃地说,小孩子本来就可怜了,你还打他(骂他)做什么! 爷爷很少表情严肃的。我弄不懂爷爷为什么这么说,但认为爸爸妈妈离婚是件好事,好就好在我做了应该挨打挨骂的坏事,爷爷也不让奶奶打我骂我了。我想到别人说我可怜,猜他们也会像爷爷一样袒护我的,更觉得爸爸妈妈离婚是一件好事了。

事实符合我的猜测,随着爸爸妈妈离婚的消息传遍了弄堂,弄

146

堂里的人比以前对我更好了。比如我和小伙伴打架了，他们的爸爸妈妈，或是爷爷奶奶，都会拎着小伙伴的耳朵，或是揪住小伙伴的肩膀，一边往家拖，一边说，你个讨债鬼，人家没有妈妈可怜着呢，你还跟他打架，快滚回家。当爸爸妈妈离婚的事被老师知道时，我做了以前肯定会挨老师批评的错事，老师也会怜悯地望望我，说，李单单同学，下次注意。

诸如此类的事情一多，在莫名其妙的同时，我也想弄懂我为什么可怜了。但无论我怎么想和怎么看，都不知道我可怜在哪儿。爸爸妈妈离婚前，我生活在爷爷奶奶的身边，爸爸妈妈离了婚，我还是生活在爷爷奶奶的身边，这和从前没有一点点区别。我觉得他们愚蠢，也觉得他们的心眼真好。

4

我担心的事情终于发生了。

有个大人骂我是有娘养无娘管的野种。假如他的话中没有"野种"两个字，我不会生气。我一直由爷爷奶奶管的，又不是今天才没有娘管的。我觉得妈妈管我，和爷爷奶奶管我没区别。我回骂他是野种。他骂我是不要脸的婊子养的。我没想到弄堂里的人已经知道妈妈的事了。我耳边响起无数声炸雷。我感到丑极了，恨不得脚下有个洞，让我立即掉下去。我脸上发烧，两腿无力，耳朵里轰轰乱响，觉得自己只配像阿秀那样生活在人们的脚底。

我不敢和小伙伴争斗了，还把他们要求我做这做那，视作他们还肯和我玩的恩赐。因为我肯定不愿和婊子的儿子玩的。每当三毛对我说,我走累了,你背我,我虽然看见小伙伴们互递眼色,发出怪笑,但我还是背起三毛。当三毛大笑着问我累不累时,我其实累极了,但还是说不累。我会用力向上撅撅屁股,把三毛往上颠颠,装出一副浑身是劲的样子。

我第一次牙齿晃动的时候,奶奶说,这是你要掉牙了,别怕!小孩都会掉牙的,奶奶小时候也掉过。奶奶指指扫地的爷爷说,你爷爷小时候也掉过。爷爷笑眯眯地望向我。我仿佛看见这颗晃动的牙已经掉落,雪白如玉。

真正掉牙的那天,我看到的是一颗沾满血的牙,与我想象的不符,奶奶没说掉牙时会流血,我吓哭了。经过奶奶笑眯眯的解释,我不怕了,认为这些血属于这颗牙,也是应该掉的。

我非常珍惜这颗牙,觉得它是我身上的东西,我们的关系,远比我和玩具亲密。我准备把它洗干净珍藏,但奶奶叫我把它扔了,说掉下来的牙是脏兮兮的垃圾。我不明白这颗牙刚出我的嘴,怎么就变成了脏兮兮的垃圾,但我还是要把牙扔了。奶奶的话,在我心中一直是正确的。

奶奶说,你这颗是下面的牙,你要往上扔,扔得越高,再长出来的牙就会越结实;若往下扔,新牙齿就会往下长,把你长成一个丑八怪。奶奶说完,笑眯眯地淘米去了。

我当然害怕下牙一直往下长,长进肉里,让我整天疼,我更怕它从下巴里长出来,把我长成丑八怪。我每次掉了下牙,都会扔上房顶的。我们弄堂里的小孩都是这么想的。所有的奶奶都是这么说的。

一天,我和小伙伴玩捉特务的游戏,我是没资格当解放军的。我静立一旁,看着小伙伴为当解放军你争我吵时,突然听见嘴里咯噔一声响。我意识到那颗晃了好几天的下牙掉了。我的舌尖证实了这点,我脱口说,我掉牙齿了。

小伙伴立即停止了争吵,高高矮矮的目光,齐刷刷地望向我。

我吐出牙齿,没掉过牙的都吓了一跳,惊呼"有血",掉过牙的问清我掉的是下牙后,都争着为我扔牙。他们有的夸自己力气大,说可以把这颗牙扔到我想扔的任何地方;有的用不再让我当特务,不再骂我妈妈作为条件;三毛甚至说,只要让他扔牙,他要在以后的三天里连背我三次;四宝甚至说,只要我让他扔牙,他会见我一次背我一次。他们说着说着,就你推我搡,打了起来。

扔牙是关系到我将来的大事,我只想偷偷扔,我怕有人用竹竿够下我的牙,威胁我做这做那,或扔在地上踩三脚就不管了,或扔进阴沟里。

我为摆脱他们,先假装思考,然后突然猛跑,但跑得比我快的,像夏天的蠓虫始终围拢着我。

我实在跑不动了,只好停下。我紧捏牙齿,大口喘气。他们也边喘气边求我。他们越这样,我越认为他们有坏心眼。

最后,三毛说,假如你再敢跑,我们就一起喊你妈妈是婊子,喊你是婊子的儿子。我们不仅现在喊,喊得全世界的人都知道,我们以后也会天天喊。

我害怕了,想到牙齿乱长,会把我变成丑八怪,但做丑八怪,也比做婊子的儿子强。我说,我掉的是下牙,你们要向毛主席保证,保证把它扔到房顶上。

他们你推我搡地向我保证时,三毛一把抢走我的牙齿飞奔而去。

三毛跑到一座房子前,说,单单,你看好了,我把你的牙向房顶上扔了。

三毛故意不使劲,牙齿在空中划了道弧线落下,大家立即哄抢。

他们为了不让我捡到牙,故意把我挤到一边。他们故意一次次不把我的牙扔上房顶,一次次哄笑着。

他们玩着玩着,就故意用脚踩,用脚踩,我想捡牙,但被他们挡住。我又气又急,但只好忍受。谁让我的妈妈是被人看不起的婊子呢?谁让我是婊子的儿子呢?我想到自己以后会长成丑八怪,但还是为他们不再骂我是婊子的儿子感到值。

我最怕遇到弄堂里的流氓,他们说我可怜,打那些骂我的人,还给我吃糖果和饼干。我感激他们,怀疑人们把他们看作流氓是不是搞错了。但后来,我发觉他们说我妈妈漂亮时的炯炯目光,和说阿秀时一样,知道了他们对我好,其实是诡计,是为了从我这里探听些什么,来满足他们的下流。我不知道男女之事,但知道流氓表情下流的样子。我觉得流氓比直接骂我的伙伴还要坏,知道了流氓就是流氓。

5

奶奶说,单单,你爸爸要结婚了,你也要有新妈妈了。

我知道只有生下我的人,才能是我的妈妈,知道任何人只能有一个妈妈,想不通别人凭什么做我妈妈,觉得这样假极了,就像说鸡是鸭一样假。

奶奶说,她和你爸爸结了婚,就是你妈妈了。你要多喊你的新妈妈,要听你新妈妈的话,这样才不会受苦,懂吗?

我觉得她与爸爸结婚,是她和爸爸的事,和她是不是我妈妈没关系,想不通做了我妈妈的人,为什么还会让我受苦。我觉得自己实在喊不出口。

我又希望有人可以再当我的妈妈,我实在不愿再当婊子的儿子了,我想解放。但这念头一出,我顿生羞耻感,觉得自己像电影里丑陋的叛徒。我其实一点都不想背叛妈妈。即便我知道了妈妈是婊子后,妈妈给我根的感觉、亲切感还是依旧的。我想到妈妈会像阿秀那么可怜时,也很于心不忍。但我也真的恨妈妈,恨她好人不做做婊子,害得我受欺受气。我想自己若是能钻进新妈妈的肚子里,让她重新生下我就好了。

爸爸和新妈妈来到了上海。新妈妈抱我时,我觉得我们之间隔着黄浦江宽的距离,觉得我不是被抱起来的,而是踩着空气踩高的。她给我吃糖,我只感到糖的甜味。我没想拒绝她,为了不再是别人眼中的婊子儿,我很想成为她的儿子,但直觉告诉我,她根本

151

不是我妈妈,觉得她陌生,假兮兮的。

新妈妈抱我时,爸爸脸上堆满了笑,我没想到爸爸也会朝我笑的。我怕惯了爸爸,觉得这还是一个会打我的爸爸,觉得爸爸的笑容是装出来的,觉得新妈妈的出现,让大家表面上笑嘻嘻的,却暗藏不可知的凶险。

果然,爸爸眼睛睁大了,也不笑了,指着新妈妈说,单单,这是你妈妈,怎么还不知道喊妈妈?我感到了威胁,感到爸爸的双手已经满含棍子的坚硬。我不敢不喊了,但又喊不出,觉得"妈妈"两个字的声音,心里虽有,但就是没力气把它提升到喉咙。我还仿佛看到妈妈相片上的面容活了起来,对我说,你怎么可以喊她妈妈呢?这不是骗人吗?

爷爷和奶奶赶紧一个站到我的左边,一个站到我的右边,催促说,单单,听话,喊妈妈,快喊妈妈。

新妈妈说,没关系的,不喊没关系的,慢慢来。

爸爸不耐烦了,严厉地说,你敢不听话?快喊妈妈,快喊!

我恐惧了,仿佛感到爸爸打来的掌风。我头脑里一片混沌,不由自主,声音极轻,吐出"妈妈"两个字。与此同时,我突然恨妈妈,想到她是一个我从没见过的人,是一个婊子,从没对我好过,还害我平时受苦,害我此刻还非要喊人家妈妈,觉得她不配做妈妈。

伴着新妈妈笑眯眯的应答,爷爷奶奶笑了,夸我乖。爸爸也笑了。

爸爸和新妈妈在上海只住了两天。他们一早笑眯眯地出门,很晚又笑眯眯地回来。他们给我买了双新皮鞋。奶奶边给我穿鞋,边高兴地说,你看新妈妈对你多好,都舍得给你买皮鞋,我还没舍得过呢。爷爷和爸爸也在一旁笑眯眯地望着。我望着漂亮的新皮鞋,感受到了新妈妈的善意,想到皮鞋只有新妈妈才舍得买,认为新妈妈比奶奶对我好,我笑了。想到成为新妈妈的儿子,就不再是别人眼中的婊子儿了,我笑得更欢了。

6

我没想到小伙伴照样骂我婊子儿,还说我爸爸和新妈妈是流氓。

他们说他们的爸爸都只有一个老婆,说我爸爸有两个老婆,说电影上的国民党和狗地主才会有几个老婆,因此我爸爸是流氓。

我仰仗自己已是新妈妈的儿子进行反驳,说我爸爸只有一个老婆,以前的已经不是了,我现在也已经是这个妈妈的儿子,不是以前那个妈妈的儿子了。

他们说新妈妈是我的假妈妈,嘲笑我有两个妈妈,嘲笑我有小妈妈,说新妈妈是流氓的小老婆,所以也是流氓。

我想反驳,又觉得他们说得对。

三毛说,大家静一静,我有话要宣布,现在有个国民党反动派的地主阶级要翻案,我们怎么办?

小伙伴们一齐回答说,坚决打倒他!

三毛说,我们这里谁的爸爸是流氓?谁的爸爸还有个小老婆?谁是婊子的儿子?我没看见,你们看没看见?

小伙伴们异口同声地回答,没看见。

三毛说,我们一齐喊他的名字打倒他怎么样?

我害怕了,我满脸通红,小声央求三毛说,三毛,只要你叫他们不打倒我,我就马上回家拿糖给你吃。

三毛说,你家还有糖吃?真是资产阶级,是不是蒋介石送的?

我说,是那个女人买的。

三毛说,是流氓的小老婆买的,我不吃,我坚决不要资产阶级的糖衣炮弹,你们要不要?

小伙伴们不吭声了,一齐望向我。

我等着三毛的答复,我的屁股被伟伟踢了一脚,他说,还不赶快去拿,否则我们真喊了。

我刚抬腿,被三毛拦住,他说,你是不是想逃跑?

我说,不是。

三毛说,你敢逃跑,敢回家后不出来了,我们明天就会更加猛烈地打倒你,比今天狠一千倍……三毛还没说完,伟伟用力一推三毛,说,人家都去拿糖了,你还挡路,相不相信我马上打你?

三毛满脸尴尬,三毛打不过伟伟,一直怕伟伟。

伟伟说,单单,快点,我们等你,我帮了你,你要给我多一点。

我走的时候,身后一片哧哧、唧唧、嚯嚯的笑声。

我拿糖的时候,心疼极了,怎么数,都觉得多拿了,想到自己都舍不得吃,我决定先吃一粒。我享受到甜甜滋味,一粒也舍不得拿了,想到他们反正总会骂我的,给他们吃了也白吃,我决定不出去了。想到他们怕我奶奶不敢来我家,想到他们没糖吃,我笑了。

154

有了新妈妈后,弄堂里流氓对我更感兴趣了。他们一见我就说,单单,看没看见你爸爸和他小老婆睡觉的样子?是不是从昨天晚上抱到今天早上的?我恨他们,但打不过他们,只好不理他们。但他们还会像狗一样追我、问我。

我更没想到弄堂里许多大人也会说,单单,你爸爸讨老婆的本事真大。他们说完,也会露出下流兮兮的笑。我没想到我眼中的好人也会这样,我迷茫了。

我本以为自己有了新妈妈,别人就不会说我是婊子儿了。没想到麻烦更多,我灰心了,恨妈妈,也讨厌爸爸和新妈妈。

一天,奶奶面色凝重地说,单单,你下学期要转学了,要回名山了。

想到名山没有一个我喜欢的人,却有一个会打我的爸爸,想到名山的人肯定都知道我妈妈是婊子,我会受到陌生人的嘲笑,我说,我不去。

奶奶说这是我爸爸的意思,说我户口在名山,迟早要回去的。爷爷叹息说,小家伙可怜啊,可又有什么办法呢?他爸爸说话了。

我想央求爷爷奶奶劝爸爸改变主意,但想到他们若是为此骂了爸爸,爸爸会迁怒于我,会特地从名山来到上海,边打边拎着我回名山,与其如此,还不如听话。

奶奶陪我去向程老师道别。程老师叫程翊路,教语文的。我上学之前,奶奶就教我认字,每晚十个,若是忘了,奶奶会用竹尺条打我的手心,因此我语文成绩很好,程老师很喜欢我。

程老师摸着我的头说,李单单同学,到哪里都要好好学习,能记住老师的话吗?

我点点头。

程老师又蹲下身,搂着我说,老师舍不得你啊,你还小,要听继母的话,要乖,要懂事,能记住老师的话吗? 能让老师放心吗?

我觉得程老师像妈妈,真想喊她一声妈妈。程老师把新妈妈称作继母,我从未听过这个词,感叹程老师学问大。

7

名山的房子、同学、老师、方言,是陌生的;会打我的爸爸、客气却无亲切感的新妈妈,是陌生的;没见过面的妈妈是陌生的。我孤独又无助。

我想念爷爷奶奶,想念上海的每一个人、每一个地方。我想到小伙伴,觉得无比亲切,觉得他们仿佛没欺负过我,觉得受他们欺负,也比在名山承受孤独强。我想到弄堂里臭烘烘的小便池时,想到它离爷爷奶奶家那么近,在那里撒了尿就能立即回到爷爷奶奶的身边,也觉得它亲切。我很想沿着铁轨走回上海,我又不敢,怕迷了路,更怕被爸爸抓住毒打一顿。

一天中午,爸爸说,单单,我把去化验室的路指给你看,你去看看你妈。

我在名山,常会想到她。我相信妈妈会对我好的,相信若妈妈不是婊子,她会是我在名山的依靠,最好的伙伴。我想见她,也怕见她,怕我们母子相见,被别人看作婊子的儿子去看婊子,怕我们惨兮兮活在别人的脚底下。

黑瓦白墙的化验室坐落在树林深处。我心事重重,沿着通往它的小径,慢慢走着,还不时捉蝴蝶、扑蜻蜓、看野花。我是为了耽误时间,我甚至希望我的脚此刻崴得又红又肿,我不仅可以不去化验室,也不会遭到爸爸的责怪,我想拖一天是一天,拖一刻是一刻。

我躲在化验室的门边,呆望树林许久,才鼓足了勇气朝门里偷看,我什么也没看清,就赶紧缩回目光,又躲在门边呆望。如此几次,我想看清谁像相片上的妈妈,或谁像阿秀一样不敢看人。我想偷偷看到妈妈,让她偷偷领我进去,省得别人看见。

你找谁? 一个阿姨探出头问。

我脸红了,妈妈的名字,我实在说不出口。

大概是找刘师傅的,这位阿姨自言自语后,回头激动大喊,刘师傅,大概是你儿子来了,赶快来看是不是?

我猜刘师傅应该指妈妈。妈妈姓刘,别人又说我们长得很像,说一看就知是母子,我相信这位阿姨不会走眼的。我大吃一惊,以为自己在做梦。师傅是敬称,我想不到妈妈会受人尊敬。刹那间,我怀疑妈妈是婊子的事,是假的,是奶奶瞎编的。我激动极了,真想像蝴蝶、蜻蜓那样猛飞一阵,但妈妈还没出来,还不能最终确定,我又紧张了。

随着"我儿子来了"的兴冲冲声音,快速走来一个笑容灿烂的年轻女人。我一眼认出她是妈妈,和相片上一模一样的妈妈。刹那间,我觉得妈妈不像婊子,不是婊子,也不可能成为婊子。

妈妈大声说,是我儿子,是我的儿子单单。妈妈说着,把我揽进怀里。又说,儿子,让妈妈好好看看。我顿觉妈妈的温暖和亲切充满整个天地,觉得妈妈就是妈妈,这是新妈妈没法比的。我被妈妈搂着,觉得很不习惯,但一点点也不想挣脱。妈妈摸着我的头,笑着对拥来的人说,我的儿子漂不漂亮?简直漂亮极了!

刚才喊妈妈师傅的那位阿姨说,刘师傅,你儿子跟你简直太像了,所以我一看见他就喊你了。周围的人纷纷抢着说,眼睛特别像,嘴和鼻子也都像。

我傻傻地听着看着,揣摩着妈妈是不是婊子这件事。我无法想象别人会对一个婊子客气又尊重,这和弄堂里的人对待阿秀太不一样了。

妈妈说,单单,你到现在还没喊妈妈,快喊妈妈。

我又害羞,又委屈,又紧张。我有这么好的妈妈,却喊了另一个女人妈妈,我感到不好意思。我抱怨妈妈一直不来看我,也不管我,结果发生了我背叛妈妈的事,因此感到委屈。我很想喊妈妈,知道这是天经地义的,但又觉得不习惯。我用了很大的力气,才把心里的"妈"字轻轻吐出。

妈妈开怀大笑,周围的人也笑着说,刘师傅,儿子跟你还不熟,也是难怪的。

妈妈说,是啊是啊,以后我要好好带儿子了,好好带这么漂亮的儿子啦。妈妈用力搂了搂我。

我感到温暖,感到坚实的依靠,感到有妈妈真好!

又有人说,刘师傅,你福气真好,儿子都这么大了,还这么漂亮,换作是我,简直开心疯了。又有人说,刘师傅,知道儿子要来,带没带好吃的?

妈妈笑着说,儿子要来,我怎么可能不带呢? 我今天特地带了个大鸡腿。妈妈说完,搂着我走进化验室。

妈妈打开饭盒,给了我筷子,说,单单,吃。

在肉丝都是奢侈品的年代,鸡腿更难吃到,但我没夹。

妈妈说,跟妈妈有什么不好意思的? 一旁的叔叔阿姨们也说,这是你妈妈的东西,吃是应该的,吃,吃!

此刻我更需要的是妈妈,不是鸡腿。我轻轻咬了口鸡腿,我不想辜负妈妈和周围叔叔阿姨的好意。

妈妈和叔叔阿姨们笑得更欢了,又一齐望着我说,大口啃,大口大口猛啃。

我觉得太受宠了,高兴得想哭,更加觉得有妈妈真好,真想钻进妈妈的怀里。

叔叔阿姨们也拿来苹果、玉米、饺子、馒头给我吃。有的还说,刘师傅,实在拿不出东西给你儿子吃,真不好意思。他们的善意,尤其还有人对妈妈说抱歉的话,让我觉得要么妈妈真的不是婊子,要么就是周围人还不知道妈妈是婊子。我放心了,开始好奇那些形状好玩的玻璃器皿和各种颜色的液体。

妈妈叫我不要乱碰,一边做实验给我看,一边说,继母欺负你吗?

我小声说,没有。我再次为喊了新妈妈感到惭愧,觉得自己和电影上的叛徒一样没骨气。我真想时光倒流,即便挨上爸爸的十顿暴打,也坚决不喊新妈妈,像电影上的英雄。

妈妈说,你爸爸这个人大男子主义严重,对女人蛮狠的,她大概是不敢吧。

我不太懂这话的意思,我没说话。

妈妈说,你放心好了,她要是敢欺负你,我不会饶她的,我会找她拼命,也会找你的爸爸,我要问问他,是老婆重要,还是儿子重要?

我听懂了,再次感到妈妈像坚实的靠山,我笑了。

妈妈举起玻璃瓶,瞪大眼睛说,我就用这个和她拼命,打破她的头。

我没想到妈妈这么厉害,笑得更开心了,感到她是比爷爷奶奶还坚实的靠山。叔叔阿姨们也跟着说,你的后娘要是敢欺负你,我们就跟着刘师傅去找那个坏女人算账。我更感到妈妈一方的强大力量,感到新妈妈太渺小了,想象她欺负我的下场,就是要挨许多人批斗,从此活得像只过街老鼠。但我又觉得对不起新妈妈,毕竟新妈妈对我很客气,觉得自己像小人。

我没想到新妈妈不仅可以被称为继母,还能被称为后妈、后娘、晚娘。我的印象里,只有坏人才拥有很多的称呼。我迷茫新妈妈究竟是怎么回事,又觉得新妈妈复杂,像一堆乱七八糟的数字。

突然,有位阿姨对妈妈说,班长,我去接一下儿子。

我惊讶至极,怎么也不相信妈妈会是班长,会是这里的领导。只有表现特别好的好人,才能当班长,我们班的班长、居委会的小组长,都是这样的人才能担任的。

妈妈的回答证实了这是真的。我想到这里的人不仅把妈妈当作好人,还当作比他们还要好的好人,说明妈妈肯定不是婊子了。我顿感无比自豪,有了喜上加喜的感觉。我开心极了。我没想到会有这样的结局。我真想告诉奶奶,说她骗人了;更想立即指着上海小伙伴们的额头告诉他们,我是班长的儿子。

我轻松极了,高兴极了,仿佛一只想怎么飞就可以怎么飞的小鸟。

我解放了!

我吃得开心,玩得开心,真想从此跟着妈妈,再也不回爸爸那里了。但我是被法院判给爸爸的,尽管我不知道法院是干什么的,却知道法院是听毛主席话的,知道毛主席是天下最好的好人,他的话绝对正确,是不能不听的。我很想让妈妈去求毛主席,把我重新判给妈妈,但我又感到自己和妈妈不熟,不好意思开口,因此想让爷爷奶奶去求毛主席。

傍晚的时候,妈妈说,单单,要吃晚饭了,我叫王叔叔送你回家,礼拜天妈妈再接你去我那儿。

我顿感天空变暗,仿佛就要变成漆黑的夜晚,我再次觉得孤单至极。

王叔叔即将踩动自行车的时候,妈妈说,单单,你的继母敢欺负你,你就告诉妈妈。叔叔阿姨们也附和说,单单,你妈妈的话你要记牢,千万别忘了,你那个后娘若敢欺负你,碰你一根汗毛,你千万要说出来。

我对这些没兴趣,我只想和妈妈在一起。我机械地点着头,觉得刚才就像做了一场梦,妈妈又缥缥缈缈起来,仿佛又回到那张两寸黑白相片上。

我跨进家门的刹那,我想爸爸妈妈要是没离婚该有多好啊,妈妈的温暖肯定会充满所有的房间。

新妈妈问妈妈说没说她的坏话。我说,没有。我怕爸爸找到欺负妈妈的理由。

爸爸大概从我的脸上看出了什么,严肃地说,不是我不让你去你妈那里,但你要少去,她向来口无遮拦,从不为自己的话负责,你最好别相信她的瞎说,对你没好处。

我想着妈妈的亲切和温暖,觉得爸爸是最不讲理的坏人,不再说话的新妈妈是帮凶。我讨厌他们,讨厌这个家。

8

我没想到继母要我做事,比如烧饭、洗菜、洗碗、扫地、拖地、洗自己的衣服、上街买东西等等。我没看到小孩做这些,一直认为这是大人做的。我不愿做,又不敢不做,怕继母告诉父亲,觉得继母就是继母,总是麻烦得我不舒服。

我从不对母亲说这些。我不希望母亲和父亲发生不愉快,怕自己遭到父亲的暴打,也怕母亲吃亏。直到继母多次向父亲汇报了我不愿做事的行为,我也在挨了父亲的多次暴打后,觉得继母太阴险,忍无可忍了,把我的处境告诉了母亲。

母亲顿时眼睛瞪得溜圆,大声说,后娘就是后娘,你这么小的人,会烧什么饭? 会洗什么碗? 你手上的冻疮这么厉害,还要自己的衣服自己洗,他们的手都烂了啊?我明天就去找这个坏女人,找这个婊子,我要问问她为什么欺负我的儿子。我还找你的爸爸,问问他这个爸爸怎么当的,是不是有了老婆就不要儿子了。

化验室的叔叔阿姨们也群情激愤,纷纷指责继母和父亲。有的大声说,刘师傅,你若去找他们算账,喊我们一道,我们倒要看看这个坏女人是怎么凶的,是怎么欺负单单的,我们倒要看看德华还想不想要儿子了。

我望着母亲和叔叔阿姨们,觉得他们像一幅充满正义力量的集体照,我相信这力量足以摧毁任何不利于我的事情,我笑了,也充满期待。

我正是有了期待,才有了一次次的失望。

我没想到母亲和化验室的叔叔阿姨们每次只是说说而已,他们虽然越说越愤怒,声音激昂得仿佛全世界都能听见,脸都因此变了形,但就是没有去找继母和父亲算账的行动。我更没想到这些叔叔阿姨只要看见父亲,就会笑着向父亲打招呼,仿佛忘了他们曾经说过的话。我想不通他们为什么言行不一,我觉得他们是一帮会吹牛的好人,猜想他们也很怕父亲,体谅他们。

继母和父亲有了儿子后,我只要吃饭,继母就会一脸不满地盯着我。我起先茫然,不知道为什么,但随着夹菜的筷子一次次被继母打回,知道她嫌我饭吃多了,嫌我的筷子没落向剩菜或价钱便宜的菜,我坐在桌边,常常感到眼前一片空白,手上的筷子无处可伸。我快速吞咽,常常半碗米饭落肚后,才抬起筷子,小心翼翼夹上一小口剩菜或便宜的菜。这种吃饭的滋味难受极了。

163

继母找各种各样的理由说我不好,巴不得父亲不停打我,父亲也像她的打手。我认为大人给小孩吃饭是天经地义的事情。我不敢说,也不敢正眼看他们,我觉得看他们,就是在指责他们的丑陋,我怕他们想到这一点。

　　我常常想到爷爷奶奶总是希望我多吃,总把好菜夹给我吃,总会把菜里的最后一根肉丝也挑给我,想到爷爷奶奶是那么希望我长得结实,想到爷爷总是喜欢捏捏我的大腿,一脸慈祥和自豪地说,小家伙又长结实了,想到爷爷,我很伤心,没人的时候,我经常落泪。爷爷在我回到名山的第二年去世了,爷爷是我心中对我最好的人,是奶奶也没法比的。

　　我正值发育长身体,饭量很大,不吃菜还没什么,但吃不饱饭就难受了。为了吃饱又没麻烦,我盛饭的时候,总是用饭勺把碗里的饭压得紧紧的,但在碗口处,故意把米饭弄得膨松,看上去与碗口平。我只要把饭盛得高出碗口,继母就会说,你是饿死鬼投胎啊? 饭盛得跟坟堆似的。

　　我要吃满满三大碗才有饱的感觉,但我当着继母和父亲的面只吃两碗。好在中午总要烧足当天晚上和第二天早上的饭,烧饭的任务又归我,我不仅多烧,还总是乘洗碗的机会,偷偷地从锅里抓饭往嘴里塞。我总是直吞吞地咽下饭团,省去咀嚼,用最快的速度完成这一过程。我怕他们突然出现,看见我的嘴动,看见我嘴里有饭。我抓饭时,总是紧张地听着他们在家里的位置,不顾及手上的洗碗水。洗碗是我的任务,因为能吃到饭,我喜欢洗碗。

　　假如中午没有机会偷饭吃,我会在下午放学后,趁着父亲和继母还没下班时偷吃。我总是边吃边紧张地望着窗外,生怕他们突然回家。为了不让继母看出锅里的饭被动过,我总是沿着锅里剩饭的形状,均匀地削去一层。晚上是没机会偷饭的,这时剩饭不多,稍稍减少,就会一目了然。

我每次这么做,都觉得自己是小偷,是小人,但我没办法,实在没地方可以吃到饭,想到隔壁的孩子想吃多少就吃多少,我很伤感。

我很怕带弟弟,只要弟弟一哭,我肯定挨骂或挨打。不仅如此,继母只允许我在她的眼皮底下带弟弟。我若抱着弟弟到隔壁玩一会儿,她会立即喊我回去,并说,你把我儿子带到哪里去了?是不是想偷偷害我的儿子?我听了很纳闷,我怎么会害自己的弟弟呢?我想过弟弟是继母生的,想到继母对我不好,觉得自己对弟弟应该更好。我怕别人说我不像哥哥,是个小人。

弟弟喜欢走个不停,弟弟跌了跤,继母必然冲上来骂我打我。我总是希望抱着弟弟,避免他下地走。我总是用天上的云,高处的物体逗引弟弟。当弟弟不耐烦时,我就抱着他边跑边发出汽车或飞机的轰鸣声,但只要我一累,刚刚坐下,怀里的弟弟就又挣扎着下地,我不放手,他就哭。我只好弯下腰,扶着弟弟走,感到又累又烦。弟弟长大了,不喜欢有人扶他走路了,我更难受了。我总是神经绷得紧紧的,小心翼翼地看护,但弟弟的腿常常突然一软,我来不及反应,弟弟一屁股坐在地上,我又要挨骂挨打了。

我喂弟弟吃饭时,继母时时刻刻盯着我,即便她与别人说话,脸上全是笑,她的余光依旧盯着我。继母明明看着我把碗中的饭菜喂完了,还是会说,都是我儿子吃的?或哼的一声,或干脆说,不是你偷吃了吧?我气愤,我讨厌被当作贼。

继母的确把我当作贼来防范。弟弟吃的奶粉、饼干之类,都是放在他们的房间里。我家一室一厅,他们睡在连着阳台的里面房间,我睡客厅。他们只要出门,就把里屋的门锁起来。锁是父亲安装的。我起初看到独自出门的父亲也锁门时很难受。我是他的亲儿子,怎么可能是家里的贼呢?我怕继母说家里少了这或那,从不乱动家里的任何东西,从不随便踏进里屋半步。我只有去阳台上晒或收我的衣服,才以极快的速度穿过里屋,并且目不斜视,我怕惹上莫名其妙的麻烦。

我原本认为他们锁上里屋的门,对我而言是好事,但锁门并没有锁住我的麻烦。继母还是会说少了这或那,比如说弟弟的饼干少了两块,我更怕他们出门时忘了锁门,之后的怀疑眼神,会让我惴惴不安好几天。

我最怕继母不分场合,大声骂我妈妈是婊子,骂我是婊子儿。继母肆无忌惮的辱骂,一次次打击我的自尊,我知道了恨。

我想不通继母怎么这么坏。为什么这么坏?想不通一个人怎么会坏得像无底洞一样,觉得继母连弄堂里最坏的流氓阿三都不如。阿三有时也会什么坏事都不做,像木头一样坐在家门口发呆,有时还会帮弄堂里的老人扛东西。我迷茫阿三为什么就是流氓,更坏的继母为什么就不是。继母的坏,让我明白人们为什么会说我可怜了。我盼着自己快点长大。

我多次告诉母亲我的处境,巴望母亲能像她说的那样,去找父

166

亲和继母算账。我已经不在乎她和父亲不愉快的后果了。我更希望母亲把我接过去，和她一道生活，我也不在乎法院不法院了。

母亲还是每次气得眼睛溜圆，拍得桌上的茶缸乱跳、水瓶乱抖，拍得化验室的叔叔阿姨们纷纷围拢过来。母亲大骂继母是个臭婊子，父亲是个畜生。化验室的叔叔阿姨们也大骂继母和父亲，让母亲去找父亲和继母算账，有的甚至劝母亲去打继母。他们骂了一阵后，就会陆续散去喝水，又端着茶杯聚拢后继续骂。

我每次都期待母亲解决问题，但等到的是母亲丰富的想象力，她会想象各种各样打击继母的样子，比如她说，我去了就指着她的鼻子，然后给她耳光吃，把她的脸打肿，肿得像大猪头，叫她不好意思见人。母亲边说，表情边变化，比如说到把继母打成大猪头时，母亲会一脸满足的笑。化验室的叔叔阿姨们也想象说，刘师傅，这样的坏女人，应该把她的头塞进粪坑。他们也会加上按住的动作，并哈哈大笑。

我需要的是改变处境，希望他们能做实事。化验室里骂骂而已的场景，让我感到热闹，感到解气，但最终感到没用。我每次走的时候，都很想大声对母亲说，我在那个家很难受，你知不知道？我甚至想说，妈，求你带着我一道过吧。但我总是默默地走出化验室，内心一片无助。我不会对母亲说出求她的话。我觉得亲人间，应该有那份为对方倾尽全力的纯粹心愿，与乞求无关。我也把有无这个心愿，视作我们母子关系的底线。我不愿亲情里含有不纯粹的杂质，我不愿破坏亲情的完美，因此不会乞求母亲。我经常望着路边高高的树，觉得自己真矮，盼望自己快些长大。

化验室里一次次相同的经历,让我觉得这是一群与我无关的人在演戏,演他们自己开心的戏,我反感母亲也是其中的一员。当化验室的叔叔阿姨们见到父亲时,不仅亲热地招呼,还和父亲说说笑笑,我觉得他们都是伪君子,也是大字报上说的两面派。

终于有一天,母亲表情严肃,若有所思地说,假如把你要过来,我就这点工资,还要养你妹妹。母亲终于说到了我想听的话题,我以为有希望了,赶紧回答说,哪怕天天吃咸菜也行。但母亲只是皱了皱眉,就不再说什么了。我已经说了吃咸菜都行,因此想不通母亲不愿带着我的理由。我也突然想到这么多年来,母亲居然从未带我去过她的住处,只是和我在化验室见见面而已。我悲哀了,母亲成了我眼中最虚伪、最无情的人。

我不再去化验室了,觉得内心反而平静,觉得母亲仿佛又回归于那张两寸黑白相片。我宁可与母亲的交往像一场梦,也不愿母亲的形象打了折扣。

一天,听说母亲坐牢了,想和母亲吃咸菜度日也不可能了。听说母亲犯的是教唆罪,听说许多流氓都听母亲的话,听说母亲若是恨谁,只要歪歪嘴,这个人就会被打得很惨。

我没想到母亲再次成为坏人,还变本加厉,成了坏人的头头,坏到必须坐牢的程度。我惊讶,也感到羞耻。

9

家里像有一双恶毒的眼睛,所以我只要做完家务,完成作业,就躲进邻居家。

邻居们都说继母太凶太坏,说这么坏的女人简直少有,说我可怜。他们知道父亲打了我,或我又跪了搓衣板,会唉声叹气地说,有继母就有继父啊,你家老子真不是东西;或者说,我要是有你这么漂亮又成绩好的儿子,别说舍不得打,就是半夜也会笑醒的。他们常拿我做榜样,骂他们的孩子说,你看人家单单多可怜,要做那么多事,成绩还这么好,我怎么会生了你这个丢脸的东西?

邻居们从不留我吃饭,怕父亲啰唆。其他吃的,比如山芋,邻居给他们家孩子时,也给我一个,我不要都不行。他们有时会指着我,骂他们的小孩说,给这样的好儿子吃,我服气,心里想想都高兴。他们的好心让我感动不已,我把他们当作亲人,即便有人说到父亲有两个老婆时的眼神,与弄堂里的流氓一模一样,我也笑笑而已。我恨继母和父亲,不讨厌别人骂他们,还恨不得有人指着他们的鼻子骂。我觉得他们应该遭到报应。

我尤其敬佩王文革的爸爸,他身材魁梧,练过武术,有一身令我羡慕的强壮肌肉。他舞动大刀,虎虎生风,气势如同猛虎,他骂父亲和继母的声音也最大。他的老婆以都是家门口的邻居为理由,劝他声音小一点。王文革的爸爸会加大声量说,我就是要让这对狗东西听见,这么虐待小孩,简直就是畜生,我巴不得他们有胆子来找我,哼哼,这就有他们的好看喽!他说完,不是晃晃他的大拳头,就是朝我边挤眼睛边笑。

我真希望父亲他们能听到,也相信他们肯定能听到,只是害怕王文革的爸爸,才像胆小的老鼠不敢出来。我为他们感到可耻。

我觉得王文革的爸爸最有正义感,最能保护我,最让我感到亲切,感到开心。王文革家也是我去得最多的。

渐渐地,我知道了他们和化验室里的叔叔阿姨属于一路货色,即便王文革的爸爸也不例外。他们只是信口胡说,只是为了解解他们的无聊,为了他们自己高兴。因此他们再骂父亲和继母的时候,我不仅懒得搭理,甚至觉得他们是骂自己。我想不通人为什么这么虚假,更伤感周围没有一个具有真正正义感的人。再渐渐地,我悟出了他们其实是一群丑陋的小人,我惊讶的同时,也懂得了人的复杂。

继母在医院工作,虽然只是个挂号的,但能给邻居带来挂号不用排队的便利,能为邻居介绍医术好的医生看病,能为邻居弄到住院的床位。公费医疗的时代,只要有本事从医生那里开到处方单,拿药都是免费的。继母能开到邻居们想要的药,有时还帮邻居把药带回来,省去了邻居的跑腿麻烦,很多邻居见到继母就笑成一副低头认罪的样子,还经常马屁兮兮地送东西给继母。

随着继母的这种能力在家门口传播开来,求她办事的邻居越来越多。那些曾经说她坏话的人,都改口说她是一个待人热情的好人,说我做得不对,说继母这么对我,都是我不听话造成的。王文革的爸爸转变最快,话也说得让我最吃惊。他说,人不吃苦哪能成才呢?说继母现在不让我吃饱饭是好事,说他小时候就从没吃过一顿饱饭,不也照样长得结结实实?他还会用力隆起他的肱二头肌。我原先非常羡慕他的这块肌肉,但此刻,我觉得这像山芋疙瘩一样丑。

当许多邻居说我不听话的时候，我也怀疑自己是不是真的做错了，但想到自己听话听到了战战兢兢的地步，想到周围的小孩没有一个比我听话，也就弄不懂什么叫听话了。

邻居们不仅怕继母看见他们和我说话，还不允许他们家的小孩和我玩。我去喊他们家的小孩，他们会大声逼着他们正在玩的孩子去看书，让我像个傻子一样站在门口。他们假如正好遇到我和继母，他们看也不看我，只顾向继母点头哈腰，说着讨好的话。有的人甚至当面说我不好，说小孩就是要听话，说天下只有小孩做得不对，没有大人做得不对的。我正是从这些事情里，渐渐了解了人。再听见邻居对继母说，单单一天天长大了，你还能养他几年？算了，想开些，他上班你不就省心了？我不再反感，认为这是好话。

邻居们为了巴结继母，把我说过的继母的事情和坏话，告诉了继母，还附加上他们是怎么教育我的假话。于是，继母理直气壮地打我，父亲也边骂我是个吃里爬外的东西，边打我。随着邻居这么巴结继母的次数越来越多，我挨打的次数也越来越多，也被打得越狠。我挨打后，那些巴结之徒见了我，还会笑眯眯地说，又挨打了吧？早就劝你听话，你就是不听。我望着这些看上去老实，一点不像电影里坏人的人，惊讶之余，恍如梦中。

我无处可去，常常坐在桌边，呆呆地望着窗外。我望望天空，望望夕阳，望望行人，望望树木。天黑后，我会望望日光灯，望望桌子，望望桌腿，望望脚尖，望望脚下的水泥地，望望大门，望望墙壁。我仿佛在想什么，又仿佛什么也没想。我经常有股想哭的感觉，却又找不到接纳眼泪的地方，只能巴望自己快些长大。我特别想念爷爷奶奶,偶尔也想到母亲,但她给我越来越消失的感觉,就像远处东去的江水,越来越远。

10

为了保卫自己,我练武了。这念头,是被王文革的爸爸逗出来的。一天,他指着自己的头说,单单,你用拳头打,使劲打,想办法打,打到它,算你有本事了。

我望着他冬瓜一样大的脑袋,心想,这么大的脑袋,又离我这么近,人还坐在椅子上,怎么可能打不到呢?我怕打到他,轻轻探摸他的头。

他接住我的手说,出手这么善干什么?叫你使劲,你就使劲,不要怕打到我,你是不可能打到的,否则我真是白练了。

他说的是真的,他的大脑袋像苍蝇一样反应迅速,我气馁了,说,王叔叔,你怎么这么灵活?

他笑了,说,这是练出来的。见我一脸迷茫,他说,知不知道武术?

我因此知道了武术。我说,我想学,好让他们再也打不到我。我指了指我家的方向。

他笑了,说,也对,儿子不能打老子,但老子打不到儿子,属于老子没本事,就怪不到儿子了。

我只跟王文革的爸爸学了些压腿、下腰、蹲马步的基本功,就恶心他在继母面前的丑陋,不理他了。我自己依旧照着他教授的

172

方法苦练。

我压腿时,嘴能咬到脚了,就以为自己练成了,没想到父亲和继母伸手就能打到我。我迷茫,咨询一位也习武的同学,他说我和他犯了同样的毛病,都是胆子太小了,所以看见别人打来的手会慌得眼睛乱眨,会忘了自己练过武,跟没学时一样。他说得很对,父亲伸手打来的刹那,我就是这样的感觉。于是,我们决定一道练胆子,要在任何时候,任何环境下,不被突然冒出的声音或怪物吓着,还要能立即做出反应。坟山是令人恐惧的地方,我们决定半夜去那里练胆量。

起初,我们毛骨悚然。漆黑里,一座座坟头,仿佛一个个站立的鬼魂。尤其风大的时候,大树小草摇晃着黑影,发着呜咽声,仿佛许多鬼怪在哭泣。我们常常被石块和土疙瘩绊得趔趄连连,仿佛鬼魂故意阻绊我们。我们感到大地像个越走越深的黑窟窿,妖魔鬼怪越来越多,吓得我们冷汗直冒。我和同学相互对望,却越看越觉得对方的人形像鬼影,我们同时大喊一声,连滚带爬跑出坟地,直到有了灯光的地方才停步,我们又在相互对望中哈哈大笑。我们相信真正的练武人是天不怕地不怕的,相信别人能做到的,我们也能做到。我们会再次鼓足勇气走进坟地。

我的胆量越来越大,一个人敢去任何地方,没想到父亲和继母还是伸手就能打到我。我已经想着自己是练武人,但反应还和以前一样。我本想睁大眼睛看他们的手,结果还是一通乱眨。我辛苦练出的这份胆量,不仅没用,还导致父亲更加恼怒,他说"你还敢瞪眼睛看",就打得更狠。我直到拜了当地的武术高手为师,又在市散打队经历了实战苦练，父亲打来的手，才在我眼中成了慢动作。我第一次一拳击断三块红砖后，眼里充满不屑，望向天空，但天下没有儿子打老子的道理，况且父亲是奶奶的儿子，我不愿奶奶伤心。父亲打不到我，也不敢打我了，这就够了。我也耻于向女人出手，何况继母动了手术，躺在床上，脸色惨白。我没想到练武的初衷落空。

继母手术后，父亲常说弟弟有两个爸爸了，说得继母神色尴尬，满脸通红，也向父亲投去鄙夷的眼神。这么多次后，继母骂父亲是个大畜生，说父亲从不懂得照顾她，连她生了病也不管不问，让她寒心透了，说父亲不交钱不做事，说她伺候老的，伺候小的，还要伺候不要脸的婊子儿。她还会扯到我母亲说，难怪姓刘的要偷人，跟你这种畜生不偷人才怪呢。

我从继母与别人的谈话里，知道她没了子宫。我不知道子宫是什么，见她的样子还和从前一样，不可能变成弟弟的爸爸。我以为这是父亲开玩笑，也对此不关心，但他们吵架，我开心，也不在乎继母说到我。

自从他们天天吵架，奶奶就经常从上海来我家。奶奶不放心我的处境，不仅经常来我家，还写信问我的情况。奶奶的信都是寄到学校的。奶奶还劝我发奋读书，并常在信里夹几元钱给我零用。奶奶每次来我家，总是背着继母教训父亲说，她这么对单单，你也不管管，你这么大的人，还要我这个做娘的操心。

父亲总是笑着说，妈，你别听他瞎说，他是我儿子，我怎么可能不管？你放心。

奶奶说,我放心,我就不会大老远地常登你家的门。你们不管单单的冷热,我管,但我上次辛辛苦苦从上海背来的新棉被,怎么又到了你小儿子的床上? 单单床上的被子又薄又硬,像块铁板,你就看不见? 你管了? 唉! 我也这么大年纪了。

父亲是不和奶奶顶嘴的,因此,以往只要奶奶来我家,父亲和继母是不会打我骂我的,奶奶把好菜往我的碗里夹,继母也至多露出不满的眼神。但这次,我刚把奶奶夹来的菜放进嘴里,继母突然用筷子指着我说,吃菜要顾人。奶奶冷冷地看着父亲。父亲说,小家伙吃东西你管他干什么? 继母把碗往桌上一丢,离开饭桌,走进里屋。

奶奶用筷子点点父亲,小声说,你叫我放心,我怎么放心? 我在你家都这样,我不在还得了。

父亲脸色铁青,停止了咀嚼,扭头望着窗外。

继母突然从里屋冲出,双手叉腰,流着眼泪吼道,德华,这个家要么有我,要么有他,我们今天做个了断!

父亲开始没吭声,依旧望着窗外,几秒钟后,突然站起身,一拍桌子说,你个不省事的臭女人,这个家你不想待,就滚!

继母说,我本来就待够了,白养一个有人生没人管的婊子儿,还要伺候你个大畜生!

父亲冲过去给她两个耳光,咬牙切齿地说,你个不省事的臭女人,我妈在,你也不省事。

继母吼道,好你个德华,居然为他打我,又朝奶奶吼道,你儿子打人,你管不管?

奶奶的目光移向窗外。

继母冲到我的面前,指着我对奶奶吼道,你孙子的事你就管,你有本事就带他滚蛋。她话音刚落,父亲就冲了过去,边拳打脚踢继母,边说,你个臭女人居然敢对我妈狠三狠四的,我打死你。

我开心极了,得意地望着,心想,你这个毒女人也有挨打的一天,你早就该挨打了,早就该鼻青眼肿了。

11

父亲和继母离婚没几个月,我的数学老师来了我家。我以为家访,开心地喊道,梅老师好。我的学习成绩名列前茅,老师们都喜欢我。

梅老师微微点了点头,修长的身影停留在门框里,打量着我家,像游人打量风景。我顿感蹊跷,再看到父亲和她说话的神情和语气,类似当年把继母领进爷爷奶奶家的样子。我惊讶我的老师有可能会成为我的继母,觉得世界真荒唐。

梅老师的目光里毫无笑意,仿佛把我当成了对手,满含敌意。我讨厌这目光,觉得梅老师和我,像准备角斗的两只野兽。与此同时,我又想到给我妈妈一样感觉的程老师,想到老师是人类灵魂的工程师,应该是人间的好人,梅老师应该不像前任继母的。我讨厌父亲不停地找老婆,但我知道这是他的事。

没多久,我的数学老师成了我第二任继母。我只喊她阿姨,这根本谈不上为了维护母亲。我几乎想不起来自己是有母亲的人,我是为了自尊。

有邻居笑着说,单单,你爸爸本事真大,连你的老师也能搞到手。我早料到有人这样的。我狠狠地瞪瞪他们,瞪得他们缩回目光,不敢吱声。我的武功让我有了名声。我不是为了维护父亲,也不是为了维护梅老师,我是为了维护梅老师的老师身份,为了维护程老师给我妈妈一样的好感。我长大了,知道了人的复杂,也不会再拿自己家里的事情满足别人的无聊。

开始,梅老师叫我好好读书,将来考大学,说我不争气,她就要告诉奶奶。这时刚刚恢复高考,我并不清楚高考的来龙去脉,更不清楚它的重要性,但人们都羡慕大学生,我向往成为大学生。

但接下来,我深深厌恶这位老师继母,觉得她比前任继母更坏。她从不说我饭吃多了,或夹些什么菜,也不骂我打我,她总是一口标准的普通话,脸上带着讲课时的笑容,用为我好的态度讲道理。

比如我洗衣服的时候,刚打开水龙头想浸湿衣服。她仿佛不经意地从我身边走过,提醒说,衣服浸湿就行了,节约是美德,水放多了是浪费,浪费是可耻的。我刚拿起肥皂,她又以不经意的姿态出现说,打肥皂也是一样的,打少了,衣服洗不干净,打多了,也是一种浪费。我放水清洗衣服的时候,她又会这么出现说,衣服是一定要清洗干净的,但这并不等于哗哗地放水冲衣服,这样就是浪费。我晒衣服的时候,她不说我了,但她会让父亲说我这么大的人连衣服都晒不好,说衣服像尿布一样挂在阳台上,会让对面楼的邻居笑话。

我起先觉得是自己没做好,尽量少用肥皂少用水,但不论怎么做,就是不能令这位老师继母满意。她一次次地说,单单,你很聪明的,你不是学不会,你只是不想学而已,这样可不好,品德来自从小的培养,浪费可不是什么好的品德。

我想为自己辩护,但父亲抢先说,你一直说原来的继母不好,说她打你骂你,不给你吃,现在梅阿姨从不管你吃多少,也处处和你讲道理,你怎么就听不进去呢?梅阿姨会接着说,德华,你用这种语气教育孩子是不对的,你不要说了,省得激动,其实单单很聪明的,再给他点时间,肯定会改的。

麻烦远不止这些。我善意的改变,不仅保留了旧麻烦,还惹来了新麻烦。比如为了尽量少用肥皂,我用刷子刷领口和袖口。老师继母又会说,衣服怎么经得起刷呢?难怪你的衣服总是比我们的容易破,你知不知道买一件新衣服要多少钱?我和你爸爸就那么点工资,还要供你读书吃饭,不节约怎么够呢?

不敢打肥皂,不能用刷子,我只好用力猛搓衣服的脏处。她又会说,洗衣服这么用力干什么?你知不知道你已经是小伙子了,还会武功,力气比一般人大得多,衣服很容易被你揉烂揉破的,难道你的妈妈没教过你?噢……对不起,我忘了你还小,你的妈妈就已经坐牢了。

清洗衣服的时候,我觉得放满一盆水,水龙头开大和开小的结果一样。但我只要稍稍把水龙头开大些,老师继母会说,水龙头开得太大了,听着像瀑布声,这不是欣赏瀑布,是洗衣服,这样很浪费,知不知道?我们不是家财万贯的资本家,还要供你读书吃饭,要处处节约的。

我的衣服若没洗干净,她又会指指衣服上的斑迹说,单单,你这么大的人了,怎么连衣服都洗不干净? 这不是你洗不干净,是你不认真造成的。假如你像你弟弟一样小,我不会怪你的,但你现在已经是小伙子了,你想想,应该吗?

我晾晒拉整衣服时,她又会跟父亲说我使劲拽衣服,说这不是锻炼身体举杠铃,说我的衣服难怪这里破那里坏。

我做什么,都遭批评或新的批评,我觉得比当初挨打挨骂还难受。我不愿和这位老师继母搞得剑拔弩张,不想和程老师一样有老师称呼的人作对。我想住到同学家里去,我担心他们会碍于面子反对,毕竟他们把道理挂在嘴边,况且我即将高考。出乎我的预料,他们很爽快地答应了,好像早有心理准备似的。老师继母一副大度的神情说,我们是讲道理的家庭,是不能让人家吃亏的,该我们尽的责任和义务,我们是不会逃避的,每月给你十五块钱作为生活费,应该说得过去了。她又振振有词说我即将十八岁了,也到了应该离家独立生活的年纪,说十八岁的人,在法律上已经属于成人,在人生的道路上应该独立了;说人家先进的国家,比如美国,孩子到了十八岁,就一切靠自己了,不仅父母不再抚养他们,不给他们一分钱,作为孩子的一方,也认为靠父母生活是可耻的;她说她十六岁就离开了父母独立生活,说她那时的生活比我现在苦多了。

我当着他们的面,一声不吭地整理衣服,我怕沾上意想不到的麻烦。这位老师继母更加细心家里的东西,锁好里屋的门后,还要用力推推,这是前任继母也很少有的动作。我拿上十五元钱,把家里的大门钥匙放在饭桌上,他们也没吱声。

小五子他们一直在我家楼下等候,他们懒得看见我家的那对坏人,不愿进我家的门。我们是同学,也是把兄弟。我们觉得彼此都很义气,谈得来,就学《三国演义》里的桃园结义,在地上拢了一个小土堆,插了几根草,磕头盟誓成了把兄弟。

小五子望着我的小包裹,一脸怒气地说,就这么窝窝囊囊地走了?

我苦笑着说,一个是老师,一个是爹,还能怎么样?

小五子说,真不知道你练武准备干什么,劝你造反,就是不听,结果被赶出家门。

我说,是我自己要走的。

小五子说,都一样。

我没吭声。

小五子说,钱给你了?

我说,给了,十五块。

小五子高兴得手舞足蹈,嚷嚷说,乖乖……十五块钱……十五块钱啊……我们发财啦,走,先到饭店大吃一顿,为你接风。

我说,不行不行,这钱无论如何都要交给你妈。

小五子说,给什么给?我妈才不要你的钱呢!我家的事都是我做主,我讲没关系就是没关系。小五子说着,扑上来掏我的口袋。

我捂住口袋说,这钱怎么都要给你妈,除非你不诚心让我住你家。

小五子说,我都跟我妈说好了,怎么可能不诚心?我讲没关系就是没关系,你以为人家的爸爸妈妈都像你家的破爹烂妈啊。

小五子又准备扑上来,我赶紧朝他家的方向狂奔。

我们刚到他家门口,小五子就大声喊道,妈,单单接来了。

小五子的母亲应答了声"单单接来了啊",就出现在门口。她和蔼可亲的笑貌,散射着道道善良金光,我突然想起第一次见到母亲的场景,感叹自己和没有母亲一样。

小五子的母亲见我们勾肩搭背不放手,还一齐往门里挤,一边笑着拍我们的头,一边说,横成一排像竹竿,怎么进得来?真是长不大的小娃娃。

我们嘻嘻哈哈地拥进家,我赶紧把钱递给小五子的母亲说,大妈,这是我的生活费。

小五子的母亲没接,她说,大妈不收你的钱,你和小五子是这么要好的朋友,人生一世,哪个没有点这事那事呢?说不定小五子到时也会有事找你的,大妈只希望你们一辈子都这么好,都是朋友。大妈家虽然没什么好吃的,但也不会嫌你多吃口饭,你还给你爸爸。

我再次递给小五子的母亲。

小五子的母亲说,单单,大妈肯定不收这钱,你住在大妈家不要拘束,就像在自己家一样,大妈家吃什么,你就吃什么,你不嫌弃就行了。大妈看你和小五子好得像一个人,大妈就当自己又多了个儿子,高兴还来不及呢。

我感动,想落泪。

小五子在家最小，他还有四个姐姐，他的父亲就是为要儿子才生了五个小孩，小五子是惯宝宝。

小五子说，我讲我妈不会要，你就是不信，这下相信了？小五子说着，一把抢过钱，嬉皮笑脸对他的母亲说，妈，我拿这钱到饭店吃一顿，为单单接风。

小五子的母亲赶紧阻止说，这钱不能动，是要还给他爸爸的。

小五子说，就是撕烂了也不还他。走，单单，高兴高兴去。小五子说完，跑出门外。

我也冲出门，要把小五子追回来，同时听见小五子的母亲高声说，小五子，去就去吧，钱的事回来再讲。

我充满感激，觉得呼吸自由，天地宽阔，人间温暖，想不通我的父亲母亲和继母们的心是怎么长的。

小五子家很热闹，小五子的姐姐们虽已出嫁，但每天放学，我都会看见小五子的某个姐姐。她们总是笑着说，妈，他们回来啦，赶紧吃饭。我和她们熟悉后，她们会说，乖乖，两个大学生宝宝回来了，妈，赶紧开饭。

小五子家虽热闹，但只要我和小五子在家，他们说话的声音都会很小，带了孩子的姐姐总是吃完饭就走，怕妨碍我们学习。我和小五子平时都在小五子的房间里，关着门说些我们感兴趣的事，说着说着，我们又会无奈地说，看书，考大学要紧。

小五子在家什么事也不干，当我要洗碗时，小五子的母亲批评小五子说，你看单单吃完饭还知道洗碗，肯定以前在家洗过。你看看你，不洗碗就算了，吃的碗还到处丢，总要人跟着拾。批评完小

182

五子,小五子的母亲会阻拦我说,你们现在正是复习的关键时期,哪能叫你们洗碗?赶紧到小五子房间看书去。当我洗自己的衣服时,小五子的姐姐像看见西洋景似的叫道,妈,你看单单还会自己洗衣服。小五子,你也赶快出来看看。小五子的姐姐这么说着,会一把夺过衣服说,我来洗我来洗。我拗不过,说,我的短裤自己洗。小五子的姐姐说,没关系的,你就像我弟弟一样,没关系的。小五子的母亲也在一旁说,多好的小娃啊,爸爸妈妈怎么就不喜欢呢?

高考前的一个星期,我回家拿生活费时,对父亲说了我高考模拟考试成绩名列学校第三。

父亲说,你考上了谁负担你?考个技校多好,每月有十六块钱,能自己养活自己了。

我一愣,不相信自己的耳朵,再次看看父亲,父亲的目光冷漠得像个黑窟窿。

这一刹那,我突然想到母亲,怀疑母亲是不是也会说出这样的话。这一刹那,我想把家里砸个稀巴烂,但我又怕奶奶伤心,毕竟和我说话的人是奶奶的儿子。我肌肉绷紧,目露凶光,心里默念着"奶奶"两个字强忍冲动,这是我第一次恶毒地看着父亲。

父亲心虚地说,我是为你打算为你好,上班了,还能带薪上电大职大,结果一样的。

我保持原状。

父亲惶恐地说,你想怎么样?我不会怕你的,天下没有老子会怕儿子的。

我知道他害怕了,我感叹自己会有这种父亲,觉得父亲像一截丑陋的枯枝。我的目光又凶恶地扫向一旁的老师继母。这位在班级里把高考挂在嘴上,鼓励学生努力学习的老师,像一只逃窜的老鼠,赶紧进了里屋。我咬牙切齿,一遍遍对自己说,单单,一切都看在奶奶的分上吧。我无奈地看向窗外,立志这辈子非要不当大学生,还非要有出息。我一声不吭地走出家门。

我最想把这些向小五子的母亲倾诉,我不是指望她为我做什么,是觉得她像亲人。我刚进门,小五子的母亲瞥了瞥我,目光怨恨;我以为她生别人的气。她酸不溜秋地说,单单,还是你行啊,你有出息啊,我家小五子是没希望了,这下就看你高飞了。小五子的姐姐也是这样的眼神和腔调说,单单,以后有出息了,可别忘了我们,可别不认小五子这个朋友哦。小五子的母亲叹息道,唉,原先小五子讲你成绩好,指望你能带带我家小五子上进的。唉,小五子模拟考试考这么差,这下是一点指望也没了。唉,也不知你们两人成天在房间里干什么。小五子本来一个人时,天天看书,蛮用功的。

小五子没考好,是他的成绩本来就很差。我惊讶小五子的家人会责怪我,更惊讶他们是出于功利收留我,而不是我认为的善良和同情,我顿觉世上的人太工于心计。

小五子家肯定住不下去了,尽管他们没有直接下逐客令,意思却很明了。我想立即走,但想到自己毕竟在小五子家住了将近三个月,不管他们的目的是什么,毕竟对我不错的,我不能说走就走,做出一副翻脸不认人的样子,像个忘恩负义的小人。我假装没听懂,准备熬两天,找个理由和和气气地离开。

我默默地走进小五子的房间,芒刺在背,心乱如麻。我没心思考虑高考的事,我要考虑能去哪里。我最终决定睡火车站的候车大厅,熬到考上技校再说。假如到时没法住校,那就再熬两年,等到上班了,就什么问题都解决了。我想好去处,心中释然,也一再告诫自己,不论小五子家的人怎么给我脸色,都忍忍忍,忍到离开。

从"单单、小五子吃饭"变成"小五子吃饭"的召唤,我更清楚小五子家是住不下去了。我真想继续躲在小五子的房间里,但我又不能不出去,怕他们怀疑我有想法,觉得我是一个不能得罪半点的小人。我只好跟在小五子的身后艰难挪步,目光紧紧盯着小五子的脚后跟,坐下吃饭后,我尽管装得像平时一样,但觉得自己简直像在吞咽一粒粒石子。

我匆匆吃完饭,站起身要离开时,小五子的母亲全神贯注看着菜碗,边夹菜边酸溜溜地说,单单,你爸爸知道你的模拟考试成绩,肯定笑得嘴都合不拢吧?

我赶紧以讨好的口吻说,我考不起大学了,只能考技校了,他不愿负担我上大学的费用。我这么自我作践,不是奢求能在小五子家继续住下去,而是为了让小五子母亲心理平衡,少给我脸色。

小五子母亲没说话,她盯着筷子上夹着的粉丝,噘着嘴呼呼地吹,然后,把粉丝慢慢送进嘴里,慢慢咀嚼,一副悠闲的样子。

我惊讶小五子母亲的阴险。

小五子的父亲气愤地说,你老子简直太不像话了,哪有做爸爸的这么不为儿子好的? 你若是我儿子,我就是卖血也要供你上大学,谁让我的儿子不争气,让我没机会呢? 他不满地看了看小五子。

我很难受,暗叹自己为什么没有这样的父亲。小五子的母亲又露出和蔼的笑容说,单单,你爸爸不给你考,你就不考呗,能考上技校,也是一样上班的。这样也好,你正好和小五子一同复习考技校,你成绩好,这回可要好好帮助小五子,他能不能考上技校就全看你的了,要多帮帮他啊。

我知道以后还可以住在小五子家,但没有丝毫的感激,只看见人的丑陋。我想不通一个那么巴望自己儿子上大学的母亲,怎么会那么希望别人的儿子不上大学呢?我迷茫了。

我不在乎睡火车站,住处对我而言,只是睡一觉的地方,在哪里都一样,我根本无所谓。我不想得罪小五子的母亲被骂作小人。我把这作为住在小五子家的理由。我强装笑颜说,大妈放心,我会尽力和小五子一道好好复习的。我说完,浑身难受。

我选择了考技校。我的校长,也是我的班主任,望着我的志愿书,面色凝重地说,李单单,这是你一辈子的事,你要慎重又慎重。你现在还小,有些事,还不是你现在能想到能知道的。

我没吱声。

校长说,有难处,我可以替你出面说说的。

我声音极低极无力地说,只能这样了。

校长轻叹了声"可惜",眉头皱动,眼珠乱转。

我知道校长在想主意,也希望校长想出好主意。当看见校长面露难色望向校长室的大门时,我沮丧了,说,校长,我出去了。

校长站起身,拍拍我的肩,然后搂着我走到门口,又这么无语

186

地搂了好一会,才无奈地说,走吧。

我走了很远,回头看见校长依旧站在那里,我想哭。

奶奶和大姑妈早就对我说过,只要我能考上大学,她们支付费用。但我不想把这样的负担建立在亲人舍不得吃、舍不得用的基础上,觉得自己若这么做,就是自私的畜生。奶奶买菜总是拎着篮子满菜场转,省下一分钱也是好的;夏天满脸是汗,也舍不得用电风扇;大姑妈为了省下来回一角钱的车费,上班总是以步代车。我不忍她们为了我的大学梦再额外地受苦。我抱怨父亲,是知道他有这个经济能力。

我相信自己不费力就能考上技校,因此看不看书无所谓,但我必须逼迫自己和小五子一起天天学习,确切地说,是帮小五子一遍遍地复习。我想出去走走也不敢,怕小五子的母亲会有想法。我不能自由行动,感到憋闷,感到自己的手脚仿佛被绑在小五子的床腿上。

考技校的时候,我每门课都只用半小时就交了卷,结果还是以全市第三名的成绩被录取。小五子排不上名次,但也考取了,小五子母亲的笑容像盛开的花朵,我如释重负。

小五子的母亲为了庆祝小五子考取了技校,特地买了许多菜,把小五子的姐姐和姐夫全部喊回了家。他们兴奋地说着小五子的未来,说着送小五子什么样的贺礼,自始至终没人理我,这是我没想到的。

我知道自己该走了,好在离正式上技校的时间还有两个月,我可以先去上海,暂时无须为住处烦恼。临走那天,小五子的母亲说，单单，假如你从上海回来还没地方住，我家还是可以住的。

听话要听音，我没说从上海回来住不住她家的事，况且她也知道我没地方住。我感到人的虚伪。

12

上技校不久，妹妹说母亲回来了，叫我去玩。我感到突然，也毫无喜悦，只是想到母亲不受牢狱之苦是好事。

走向母亲的住处，我知道这是去看母亲，看多年不见的母亲，但我恍恍惚惚，似乎在迷茫出生是怎么一回事，又似乎脑中一片空白，沿途的景况，仿佛幻影。

临近母亲住处，怕丑的感觉袭来，觉得周围有许多双眼睛盯着自己，我浑身不自在。真想有个地道直抵母亲的住处，甚至扭头回去，但又不忍，毕竟等我的人是母亲。我头皮发硬，走得飞快。

母亲蹲在门口低头洗衣服，原本白皙的脸又黑又粗糙，衣服也旧得泛白。我没想到母亲会像农村老大娘，亲情的善意刹那间复活，想到全世界的儿子都不愿自己母亲吃苦。我心疼母亲，热血沸腾，双手充满力量，想为母亲做点什么。

母亲看到我，笑了，大声说，老娘坐了这么多年的牢，你也不晓得来看看。

母亲的指责，在我意料之中，但没想到是她见到我的第一句，更没想到母亲会在门外大声自称老娘，想到电影上的地主婆和女特务自称老娘，不正经女人自称老娘，加上母亲肆无忌惮说她坐牢的事。我惊讶这么不知廉耻的人是不是母亲,顿生厌恶,沸腾的热血突然僵凝,想到坐牢会把人坐得更坏的说法,想到母亲或许还会坐牢,我又气又急,真想大声说,你好好做人难受啊?一再鬼混,害我低人一等,你以为坐牢无比光荣啊!但我说出口的是"我哪来路费?就是有,也不知道你在哪里"。我把"你在哪里"四个字说得很重,想提醒母亲坐牢耻辱。

母亲笑着大声说,我也奇怪我的儿子怎么可能没有看看老娘的心意呢,原来儿子没钱,还在读书的人怎么会有钱呢?哈哈哈哈,是我错怪了儿子。母亲说完,低头从一旁的水桶舀水清衣服。

我感动母亲自始至终的笑容,觉得只有母亲才会不计较儿子的过失。我也看到了母亲的手和小臂很黑很粗糙,想到母亲肯定吃尽了苦头,再次心疼母亲,再次热血沸腾,双手憋足了力量。我一手拿起水瓢,一手拎起水桶,把水全部倒进母亲的洗衣盆,又拎着水桶走向远处的公用水龙头。这一刻,我只想为母亲做些什么,不仅不在乎别人的目光,还想到今后若有人敢对母亲说三道四,就坚决打击他。

母亲见我拎水回来,笑着大声说,乖乖,儿子长大了,还是儿子有用,拎得动满满一桶水。我感到温暖,开心地笑了,觉得这种开心只有母亲才能给。

母亲宿舍的窗玻璃上糊满了报纸,有一张铺着旧被单的旧床,一个旧煤球炉,一张又矮又旧的小桌子,两只矮矮的旧小木凳,一口旧水缸,缸盖上有几只旧碗、一口旧铝锅、一口旧铁锅,房间拐角的纸盒上叠放着换洗衣服。我望着这些旧东西,想到母亲连一只木头箱子也没有,我可怜母亲。

吃饭的时候,只有青菜烧豆腐一个菜。母亲说,儿子,将就吃,吃饱。老娘实在是穷,就不客气了。我坐在床上,母亲和妹妹坐在小板凳上,显得很矮。这一刻,我很伤感,觉得自己要是上班就好了,起码母亲和妹妹不会只吃青菜烧豆腐一个菜。我又很开心,毕竟这是和自己的亲娘一起吃饭,我觉得自己变小了。

母亲问了我的近况,听到父亲不负担我上大学的费用,母亲说,那个自私的臭男人就这样,要是换作老娘,就是卖血都要供你的。我领教过母亲太多的大话,但还是愿意相信,还是感动。

我心疼母亲,询问监狱里苦不苦,母亲一副自夸的样子说,老娘在里面怎么可能受苦?老娘聪明,老娘这么多年的社会经验不是吃白饭的,里面的人都被老娘玩得滴溜溜转。哎呀呀,这些呆子!母亲说完,哈哈大笑。

我从小阅读了种种人性恶,讨厌人玩人的诡计,更讨厌玩了人还坦然和得意。我顿感不快,很想指着母亲又黑又粗糙的手,问她一句"你聪明有用吗",但我没说,只把话题扯到别处。当说到读技校每月有十六元的收入时,母亲眼睛一亮,说,儿子,你现在有没有钱?先挪点给老娘用,发了工资就还你。其实不用母亲说,我临走时也会丢下几块钱的。我已经想过到时把钱一丢就飞跑走人。我怕母亲不好意思收。

我吃食堂,饭量又大,偶尔吃顿大肉包,十个都不成问题,十六元钱紧巴巴够用,若是贴钱给母亲,就意味着以后不能吃大肉包,还要少吃带肉的荤菜。但想到这是为了母亲和妹妹,我觉得值,觉得天经地义,想着以后要更加节约,尽可能多贴母亲。

　　我本想给母亲三元钱的,这是我能省出的最大数,但我给了母亲六元钱。我说,正好刚发了钱,只能给你这么多了。我当然想到缺少六块钱带来的麻烦,我更希望母亲和妹妹过得不要太差。我还希望母亲叫我把钱全给她,以后在她这里吃,因为这样最省钱,虽然我会因此多走许多路,但我不怕麻烦。

　　母亲拿过钱后,哈哈大笑说,好啊好啊,起码发钱之前不用愁了,还是儿子有用。母亲说到这,仿佛想起了什么,抽出一元钱递给妹妹说,去买点烤鸭给你哥哥吃。又一脸灿烂地望着我说,儿子,老娘有钱了,请你吃好的。

　　我知道这是母亲的好意,但感到母亲此举荒唐,感到自己的好心多余。我制止说,不用不用,钱是给你和妹妹过日子的,我已经快吃饱了。

　　母亲说,花一块钱,没什么大不了的。

　　母亲硬让妹妹买来了烤鸭。母亲一口也没吃,任凭我怎么夹给她,她就是不吃,只顾往我和妹妹的碗里夹。母亲还对妹妹说,老娘欠你哥哥比欠你多,所以鸭腿给你哥哥了。对我说,儿子,多吃点,你长大了,老娘就有指望了。

　　从母亲家出来,我觉得母子就是母子,见面就亲,想到两寸黑白相片上笑出酒窝的漂亮妈妈、化验室门口笑容灿烂的母亲、母亲饭盒里的鸡腿……即便母亲瞪眼拍桌子,吹牛要找继母算账的样子,也变成了充满母爱的美好。我感到有了母亲的美好,感到母亲住的地方就有家的感觉。我也想到少了六元钱的日子怎么过,遗憾母亲为什么不喊我以后去她那里吃饭,这样既省钱,又可以一家人团聚。

我没走多远,遇到了绰号叫三老歪的家伙。他虽在保卫科工作,但也是人见人怕的流氓,听说他打架时不要命。我不相信人敢不要命,也不相信鸡蛋会找石头碰,只相信三老歪太会装狠。

三老歪以前每次看到我,总是用流氓兮兮的目光看着我说,单单,你妈妈什么时候回来?假如旁边有人,他总是说,他妈妈真漂亮啊,他的眼睛、酒窝和他妈妈长得一模一样。我特别反感他,特别怕见到他,也早就想揍他,是母亲让我做人自卑,只想省事,一忍再忍。

三老歪又露着下流兮兮的目光说,你妈妈回来啦?

我本不想理他,但想到母亲已经出狱,活在三老歪这样的目光里肯定难受,还不如先把这家伙打得不敢发贱,借此警告其他人。我恶狠狠地瞪着他说,记住,以后再敢提我妈妈,小心我对你不客气。

三老歪一点都不害怕,他说,我还会怕你这个小狗鸟?你鸟毛没长几根就想翻天是不是?别以为自己练过,你早得很呢。

我走近他,盯着他的眼睛,咬牙切齿地说,我劝你最好相信,省得吃苦头!

三老歪后退一步,说,哟哟,你个小狗鸟还来劲了是不是?你大概还不知道老子吧?你家老子都不敢惹老子,老子还能被你吓倒,你妈做了千人捣万人戳的丑事还不许老子讲……

他没说完,我就给了他一记耳光,他还没回过神,我的右拳就结结实实击中他的胃部,接着,我用膝盖猛顶他的下身。他当时就瘫了下去,脸色惨白,蜷缩成一团。我瞪着他说,我打你就像打一只鸡,你有本事再站起来讲话。我知道他此刻是说不出话的,人的胃部遭到重击,是说不出话的,何况他是男人,下身又遭到重击,我只是羞辱他而已。

三老歪很够种,居然没吭一声。当他能说话时,他说,好个小狗鸟,你偷袭我,趁我不注意打我,你记好了!

我拾起路边一根手腕粗的树棍和一块红砖,我看到了他眼中的恐惧,心想,你怕了,装狠吓人的东西,我今天让你怕到根。我把树棍和砖头往他跟前一丢,说,你不是说偷袭你吗?现在两样东西全给你,还让你先动手,我会把你打得更惨,信不信?

他躺在地上动也不动,目光中闪动狐疑和恐惧。

我逼视着他,见他还没有起身的意思,我一拳击断红砖,又把树棍斜靠在墙上,抡胳膊把它击断,再次逼视着他说,听好了,别说你一个人跟我斗,就是你这样的饭桶五个同时上也没用。你吹你不怕死,在别人面前装狠,都和我没关系,但以后再敢提我妈,我就把你打得更惨,你最好相信这是真的!我说完,一脚踢在他的脸上。他顿时鼻血出来。我又恶狠狠地说,记住,别逼我伤你的筋,动你的骨。我说完,又在他血糊糊的脸上猛踢一脚,才若无其事地拍拍手走了。

我感到扬眉吐气,我没想到自己这么心毒手辣,像个恶人。我想到母亲能活得轻松,脚步也不由得轻松起来。

听说三歪子断了鼻梁骨,阴囊肿得像气球,我害怕公安局会找我,但三歪子不仅没告我,还到处宣扬说,乖乖,刘师傅的儿子真厉害,武功不得了,下手还又毒又狠,长大肯定是个人物。我知道他还想要面子,也知道了人性之弱,知道了有时打击比讲理有用。

母亲出狱不到两星期,我第三次去母亲那里,母亲说,单单,我后天要结婚了。

我吃惊,愣了半天,想不通母亲怎么这么快会结婚,怎么又要结婚,为什么非要结婚,为什么就不能带着我和妹妹一起好好过日子。我很想说,你就不能不结婚啊?你知不知道你的一次次结婚引来多少风言风语?但我什么话也没有说。想到母亲出狱后只喊我去玩,从没叫我天天去吃饭的意思,想到母亲连结婚的事也不先透露,感到自己对母亲的善意统统属于自作多情,想到自己永远不可能从母亲这里获得家的感觉,我对母亲彻底绝望。

母亲说,我现在的条件也就是找个人过日子,把你妹妹养大,你有空来玩,有个地方走走总是好的。

我想到母亲的艰难,但觉得母亲的话像一把刀,扎得我心疼。有空去玩,有个地方走走,这根本就不是一个母亲对儿子说的话。我伤感至极,尽管我怕母亲婚后受欺,很想问问那个男人究竟怎样,但我沉默了一阵,就起身告辞了。我觉得说什么都没意思了。

母亲成家不久,叫妹妹喊我去玩,我不想去,除了抱怨母亲,也难以接受一个和母亲睡在一起的男人。我感到继父像征服者,让我在他面前明显矮一截,我又不愿中断与母亲的联系,犹豫着去或不去的问题,觉得很烦。

我一路懒懒地跟在妹妹身后,跨进母亲家的刹那,忍辱负重的感觉强烈袭来。我自卑至极地喊了继父一声"叔叔"。我没想到母亲怪我不喊爸爸,还一次次用"你爸爸"三个字指称继父,让我一次次恶心,一次次脸红,一次次感到屈辱。我真想对母亲说,你结婚是你的事情,和他是不是我爸爸没关系,但为了母亲和妹妹能安安稳稳生活,我只能沉默无语。

跨出母亲家的刹那,我知道我不会再来了,我很伤感。街上走来走去的陌生人,让我感到世界的陌生和清冷,感到孤独与无助,但我知道这才是属于我的真实世界,里面没有母亲。

13

技校规定市区的学生不允许住校,我能住校,是父亲托人弄成的。我惊讶学校的制度可以为一个逃避父亲责任的人改变,也庆幸能改变。技校每月还有十六元的津贴,足以养活自己,我感到了独立与自由的舒畅,更没想到读技校远比读高中轻松。老师不仅为考试划定了很小范围,还不管偷看,达到六十分,就算一门课通过,完全没了高中学习的严肃性。我很疑惑这种学习的意义,觉得只懂书上几页纸的知识,简直和没学没区别。如此简单的学习要求,又何必让老师把一本书从头讲到尾,何必把每天的课程安排得满满的? 加之想到学校的制度都可以改变,觉得人的年龄越大,做事越不规矩,越不严肃。

宿舍生活很热闹,大家到点敲着饭盒去食堂,平时吹牛、打牌、下棋,或站在走廊里朝着过往的女生起哄,或吼歌曲,吼完张行吼费翔,吼完邓丽君吼李谷一,不会唱这些流行歌的,就吼《国际歌》《东方红》《团结就是力量》等,假如连这些也不会,就拍饭盒敲脸盆,驴一样乱叫,一直闹到深更半夜,闹得嗓子发痒发哑。

曲终人散之后,嫌没过瘾的同学,会往楼下的院子里扔玻璃瓶,故意逗宿舍的值班人出来管事。由于值班人处于明处,关了灯的宿舍处于暗处。值班人仰头看半天,自然看不出蛛丝马迹。值班人问谁干的时候,会惹来东一声西一声的笑声喊声,或是脏话。假如值班人上楼探个究竟,只要他刚走进楼梯洞,院子里就会响起一片清脆的玻璃瓶爆炸声,以及迅猛的关门声、狂笑声。这样的闹腾具有传染性,会引发许多人的兴趣,非要闹到任凭瓶子在院子里爆炸,值班人也不吭声为止。

假如某间宿舍里一片黑压压的脑袋,氛围安静又神秘,肯定是有人在启蒙性知识。这时刚改革开放,一些讲究穿着,表面看上去深沉的男生,已经知道谈恋爱了。

正是这些深沉男生宣扬的找女朋友秘诀,让我喜欢上了读书。他们说最容易骗女孩上钩的东西,就是假装会点哲学和文学。他们说女孩闪眨大眼睛的时候,看似聪明,其实是在犯傻,说现在全中国流行文学,说女孩永远是时髦的奴隶,什么流行她们喜欢什么,但又没几个女孩会真正读书,他们只需要假读书的斯文,只要知道几个名词就足以让女孩刮目相看了,一骗就灵。谁不希望自己被女孩喜欢呢?我因此阅读了哲学、历史、文学、心理学、艺术方面的著述,有了写作的冲动。

我吃睡无忧,但常伤感自己无家可归,等于孤儿一个。我常看到同学的父母亲来看他们,不仅用很大的玻璃瓶带来好吃的菜,还替他们洗这洗那,把他们所在的宿舍打扫得干干净净。尤其强壮的男生和父母说话时,也是一副没长大的样子,场景温馨、亲切、美好。我也常想到父亲母亲没有收留我的意思,也从不来看我。我无奈他们和人家的父母不同,从心底里憎恶他们,也骂自己贱,贱就贱在总是幻想他们的心中会有我这个儿子。

我怕过礼拜天,怕同学问我回不回家。无家可归,是同学难以理解的事,我不好解释,懒得解释。每当望着同学兴高采烈地回家,我觉得自己像条流浪狗。为了逃避尴尬,我礼拜天总是一早起来,带着无处可去的迷茫走出宿舍,满世界瞎走,或在某个地方发呆,一心巴望傍晚来临,这样就可以大大方方回宿舍。

我有时也想主动去找父亲母亲,巴望他们说声让我回家住的话,即便是假的,至少让我觉得自己还有父母,能让我回答别人回不回家的问题时,稍稍有点底气,但我知道我又在做梦了。

一天,我突然想到我姓李,父亲姓李,爷爷却姓洪,这说明爷爷不是我的亲爷爷。我顿时浑身不安,望向窗外,好像那里有答案似的,我不愿这是真的,觉得想到这些,也是亵渎我和爷爷的感情。

爷爷的确与我无血缘关系,获知真相后,我更感动爷爷的善良,更感激爷爷,更视爷爷为亲爷爷。我感谢缘分,也更伤感爷爷的去世。

我小时候尿了床,奶奶要打我屁股,说叫我白天不要疯很了,说我就是不听,说不打记不住,但爷爷总是把我护在身后,笑着说,小人尿床又不是成心的,算啦算啦,被子湿了晒晒就干了,我来晒,

197

我来晒。

我脚上长冻疮,爷爷每天替我洗脚搓脚,还不停念叨,作孽啊,可怜啊,怎么偏偏长在小人的身上呢?怎么不长在我身上呢?爷爷会点燃一小团棉花,把灰敷在冻疮处,再用白纱布和胶布条裹好。我常常不愿敷,嫌麻烦,但爷爷总是笑眯眯地说,单单,不包的话,冻疮会更疼更痒更难受的。爷爷把我抱上床时,满脸幸福的笑,爷爷从不带我睡觉,也不许奶奶带,说年纪大的人身上有味道,阳气也不足,对小孩不好的。

我是弄堂里天天早上吃烧饼的唯一小孩,爷爷会把甜烧饼用手帕包好,塞在我的枕头下面。我看不到爷爷做这些。我醒时,爷爷早上班去了。爷爷不论风霜雨雪,都走去上班。奶奶抱怨爷爷舍不得花五分钱坐公交车。爷爷笑眯眯地说,走路健身的。烧饼是弄堂里孩子眼中的奢侈品,他们得到烧饼上的几粒芝麻,也会抿着嘴慢慢品尝。咸烧饼三分钱一个,甜烧饼四分钱一个。我不喜欢吃咸的,爷爷总买甜的。

傍晚接爷爷回家是我最开心的。我会早早地来到路口,爬到高处,张望爷爷的身影。爷爷一见我,会笑眯眯地张开双手加快脚步,蹲着把我接进怀里,用胡子扎我一阵,就头一低,让我骑在他的肩上回家。假如爷爷单位的食堂今天有肉包子卖,爷爷会抖抖他的工具包说,又有肉包子吃啦。奶奶反对爷爷买肉包子,说浪费。爷爷总是笑眯眯地说,小人长身体,吃好点底子牢。奶奶每次都说爷爷年纪大了,又上班,又走这么远的路,不许我再骑在爷爷的身上。爷爷总是笑眯眯地说,一个小人能有多重?我结实呢。

爷爷是我心里最亲的人,也是我眼中的真正好人,他做人的善意和真诚,我觉得没人能超过他。家里的客人走时,爷爷要送出很远,道别时的笑容,爷爷到家还保持着。奶奶经常说,人家都快到家了,你还在笑。爷爷说,是朋友,朋友,开心。

我回名山的第二年,爷爷去世了。记得那是一个黄昏,父亲突然对我说,你明天不上学了,今天夜里跟我去上海,你爷爷死了。我当时并不清楚死是怎么回事,分不清死和生病的区别。虽然知道死不是一件好事,但想着又能回到爷爷奶奶的身边,而且是放假之外的意外获得,我惊喜万分地跳了起来。我相信爷爷肯定会好的,因为爷爷有结实的肌肉,有举起我的力气,还有满手坚硬的老茧。我的脚刚落地,父亲冲上来给我一记耳光说,畜生东西,你爷爷死了,你还这么高兴。到了上海,奶奶哭着搂住我说,你爷爷死的时候还喊你的名字,不放心你,让我们好好照顾你。

不久后的一天,我梦见自己正在写作业,忽然看见爷爷穿着补丁连补丁的衣服,手里拎着两个大包袱走了进来。我说,爷爷,你怎么穿这么破的衣服?

爷爷心思很重,满脸愁容,没有回答。

我说,爷爷,包袱里面是什么?

爷爷说,被子。

我说,你带被子干什么?

爷爷表情依旧,没回答。

我说,爷爷,你歇歇,我烧饭给你吃。

爷爷说,单单啊,我马上要走了。

我问，为什么？

爷爷说，马上要天亮了，鸡要叫了。

我想不通天亮鸡叫和爷爷有什么关系，回头看向五斗橱上的三五牌座钟，看见正好是六点整，与此同时，听见了当当的钟声，听见了鸡叫。我突然想起爷爷是去世的人。我听人说过，所以知道爷爷要在鸡叫前赶回去，否则会在阴间受到违反纪律的惩罚。我急了，赶紧回头，想对爷爷说"快走"，但我没看见爷爷，也满房间找不到爷爷。我害怕爷爷有不好的结果，我吓醒了，同时下意识地看了看桌上的小闹钟，正好六点整。

我惊诧时间的巧合，想到梦里的爷爷满脸愁容，不仅穿得破，还拎着被子到处走，说明爷爷可能连住的地方也不一定有。我心疼爷爷过着这么苦的日子，猜想这是爷爷向我要钱的梦兆。我以最快的速度起床，牙没刷脸没洗，冲向专卖冥币的地方。我本想买五元钱的，但掏钱的刹那，却掏出身上仅有的十一元五角钱。我知道我要借钱了，但想到爷爷过得这么苦，我只想先给爷爷送去更多的钱，先解爷爷的难，觉得这时想到自己的困难，是对不起爷爷的。我当然也想到爷爷能否收到的问题，但我宁可信其有。

我拎着两大袋的冥币，觉得爷爷就和我并肩走在一起。我火化冥币的时候，流泪默念说，爷爷，孙子单单给您老人家送钱来了，您一定要先买房子，若钱不够，请您老人家再托个梦给我，孙子单单马上送钱来。爷爷啊，任何时候，只要您缺钱用，只要您告诉孙子单单一声，孙子单单马上送来。爷爷啊，日子过得好一点啊，拿了钱一路走好啊。我尽管给爷爷送了钱，但忧心忡忡，我没法看见

200

爷爷，不放心爷爷。

爷爷那句"我喜欢单单诚实"的话，影响了我的一生，让我喜欢诚实，厌恶不诚实。终我的一生，应当只翻过爷爷的包，不可能再会毫无顾忌地乱翻任何人的包。我知道这是做人的修养，但也是人与人之间的一种生疏。

我经常望着天空喊爷爷，也经常梦见爷爷。我想念爷爷！

14

技校的最后一学期是进工厂实习。我曾多次看到雄伟的厂房，觉得它们像憋足了劲建设四个现代化的男子汉，我以为自己对工厂已经很熟悉，觉得工厂就像一条还没去过的大街，街况是不会超出想象的，但真正进入工厂，没想到它的内部这么令人恐怖。巨大的噪音仿佛汹涌的洪水，我用力堵住耳朵，耳内发出排山倒海的轰鸣，一千多度红钢散发的热辐射，仿佛无数枚针，扎得脸疼。红钢靠近时，脸上疼得仿佛被掀去一层皮。热浪滚涌的蒸腾里，到处都是隆隆转动的机器，它们仿佛一头头随时会扑来的凶猛野兽。我惊慌失措，不知如何迈步，担心危险从某个地方突然扑过来。男生们和我一样，女生们更是吓得缩在后面，倚作一堆，一副想哭的样子。队伍最前面的班主任正大声说着什么，但我听不见。

工厂的恶劣环境给了我们下马威。当我们逃难似的走出厂房的大门时，一个个灰头土脸，犹如路边披着厚厚积灰和凌乱蛛网的矮冬青。班主任怜爱地说，现在知道上大学重要了吧？知道坐办公室的好处了吧？唉，叫我说什么好呢？这就是你们以后的工作环境，适应了，习惯了，就好了。班主任说着，双手拍了拍同学的肩膀。我们男生以前最讨厌班主任这副大人拍小孩的样子，但此刻，求助地望着她。

班主任说，这里已经算 H 钢铁公司下属工厂里的好厂，环境相对好些，学校是出于安全考虑，才决定在这里实习的，学校也只能做到这一点。

有同学撒娇似的嚷道，老师啊，还让不让我们这些祖国的花朵活？这里还叫环境好啊？他的话激活了几位同学的表现欲，有的嚷道，乡亲们哪，我们完蛋啦，彻底完蛋啦！乖乖，这哪里是工厂？简直就是十八层地狱。有的说，老师，是他完蛋，不是我完蛋，我要用实际行动为社会主义建设奉献光和热。有的说，这么怕吃苦的人，肯定是叛徒坏子。有的说，老师，我现在后悔自己当初不好好学习行吗？他们说话时，目光扫射女生，但女生要么不看他们，要么给他们白眼，还说他们是神经病。

班主任说，今天是参观，明天正式安排你们到班组。记住，你们实习期间，安全第一！

老师走后，同学们纷纷后悔自己为什么不好好读书上大学，我更伤感，我一直是好好读书的，成绩也一直名列前茅，本来是有能力成为大学生的，但家庭的原因，让我的结果和不好好读书的同学一样，想到努力和不努力的结果一样，想到自己一生都要在这样的环境里度过，原本设想的美好将来也突然变得沉重而黑暗。我恨我的家庭，但无奈，也感到社会的残酷，把人分成三六九等。

我更没想到真实的工人会和宣传画上的工人叔叔完全不一样,他们不仅穿着不整洁,脖颈处不系白毛巾,没有自豪与幸福的微笑,甚至连起码的卫生也不讲。他们的工作服上满是油污灰尘和白色的汗碱,散发出浓烈的馊臭味,扭曲变形的劳保鞋更是肮脏不堪,臭味熏人。我实在难以想象他们是怎么穿得上身和穿得下脚的,还知不知道人间是有"卫生"这个词的。他们还成天说下流话,开口闭口不离女性的生殖器官。我没想到工厂的内部,居然是这么危险、这么辛苦、这么下流。

　　拿毕业证的那天,想到过完最后的暑假,就可以工作了,可以自己养活自己,还可以孝敬奶奶了,我兴奋至极。虽然第二天就去上海,但我赶紧把拿到毕业证的消息发电报告诉了奶奶。我也想到了我的父母,我想他们若像别人的父母,我肯定也会高兴地赶去汇报。

　　上班的第一天,我领到了牛皮纸一样厚实的白帆布工作服和沉重的劳保皮鞋。我知道穿上它们的结果,就是在工作中受苦受累,但我还是忍不住怀揣即将拿到工资的兴奋,穿着它们,走遍了我们城市的主干道。我感谢时间,感谢它让我成为和父母一样有工资的人,感激来之不易的独立。天色从明到暗,直到万家灯火,一次次想到该吃晚饭了,但我只顾大步流星地走着。

　　回到宿舍,已是深夜一点多。学校食堂是不供应夜餐的,只能饿到第二天早上了。我不在乎一顿饭,但饿肚子让我想到无家可归的惨淡。

　　搬出技校宿舍的时候,我是那么留恋。我没想到自己其实一直是把这里当作家的,尽管这里只有一张属于我睡觉的床,但这里不仅让我有了住的地方,还给了我归宿的意义,我觉得这里就像我的家。

我的东西就是一只破箱子、我的衣服、又硬又板又薄的被子,我故意分多趟搬走它们。最后一次搬东西时,我坐在空空的木板床上,一次次摸着木板,一遍遍默念说,我走了,以后再也见不到你了。我也安然于厂里宿舍可以一直住下去的稳定性。

真正上班了,噪音、高温、机器运转暗藏的危险、周围人的不讲卫生、下流言语、艰苦的劳动,正如老师说的那样,适应了,习惯了,就好了。我没想到人这么能适应新的环境,而这一切,都发生在不知不觉中。

15

白手起家筹备婚事,一切靠自己,我真正知道了什么叫独立。那是一种满世界找不到一双援手的感觉。我攒钱的路只有一条,就是从工资里省。我的工资很低,除去穿衣吃饭的开销,加上我从第一次拿工资起,就决定保证奶奶天天有洋参丸吃。我对此从不打折扣,视之为原则。我当然也想把婚事办得和别人一样风光,但又不愿欠债。我对未婚妻说,钱不好借,欠债的日子也不好过,干脆一切从简,婚礼不办了。

未婚妻轻声说了句"随便你",目光移向了窗外。

我知道她不愿意,我说,各活各的,没必要学着别人的样子活,婚礼只是个形式,我们好,才是最重要的。

未婚妻依旧望着窗外说,我当然知道,但女人就这一次。她说完,流泪了。

我被震撼了,突然间,我是那么不想亏待自己心爱的女人。我热血沸腾,浑身憋满劲。我说,好吧,就借吧,借三万,简单装潢房子,婚礼也办。

未婚妻笑了,泪花挂在她的脸上。

婚礼的前夕,未婚妻一家人劝我一定要请母亲。说母亲对我怎么样是母亲的事;说没有母亲就没有我;说母亲的心总是最软的;说母子之间是不存在隔阂的;说母亲若是知道了我结婚的大事,即便不请,也会自己跑来的;说我去请一下,更显得我这个做儿子的懂道理;说我的父亲和母亲都离婚二十年了,也早就有了各自的家庭,这次是为了儿子的结婚大事,即便碰面,也不会尴尬的,让我不必顾忌;说母亲毕竟有自己的家,有了做人的难处;说母亲给多给少都是情分,都要高高兴兴接受。

不论他们说什么,我都沉默不语。我的经历告诉我,未婚妻一家人所说的理由,是不适合我母亲的。我相信妹妹肯定对母亲说了我的所有事情,但母亲连关心的问询也没有。我已经预感母亲会和我的婚礼无关。我何尝不想母亲参加我的婚礼? 我不想缺少圆满的感觉。

我从不指望母亲给我什么。尽管别的父母都倾尽全力资助子女,但我知道给是情分,不给是本分,作为子女不应该指责。我早就习惯了没有父亲母亲的生活,也早就不相信他们还会看重这份亲情，我出于自尊，都不愿接受他们的给予，当然更不可能伸手讨要。我也不想母亲为了给我什么而和继父吵架，为此过得不安。

想到母亲若来，肯定会给钱的，我若不收，说不过去。我思来想去，决定只收母亲一千块钱，收取这份等同于好友间的礼金，觉得这个数目，不仅让母亲付得轻松，让她在外人的眼里还像母亲。

想到本来最应该为我的婚事高兴的母亲，居然还要去请，我讨厌这种降格了母子情分的客套，想到还要担心母亲不来，我感到苦涩和无奈，感到烦。我认为亲自去通知母亲，其实是带着指责母亲装聋作哑嫌疑的。我也懒得看见继父，懒得听见母亲一口一个"你爸爸"，更不愿自己沾上讨要钱财的嫌疑。我是用很严肃的语气让妹妹带信给母亲的。

没想到母亲居然要我给她一张请柬，这太出乎我的意料，觉得母亲太把我当外人了，真的当外人了。我的心里，请柬是与家里人无关的东西，更与母亲无关。觉得给母亲请柬，等于否定我们的母子关系，觉得母亲即便开口让我亲自去请，也比要请柬强。我恼火，大声对妹妹说，我的结婚请柬可以给天下任何人，但就是不能给自己的母亲！

妹妹无奈地说，妈大概想要个面子，想故意做给那个男的看。

我说，凡事都有尺度，这不是面不面子的问题，若给，我自己都觉得丑。在中国，母子间居然有这种事发生，简直荒唐，真是荒唐！你告诉她，我不会给请柬的。我本还想说"她要来就来，不来就算"，但我忍住了。

我想到母亲可能会因礼金为难，想对妹妹说我至多要母亲一千块钱,但又觉得钱数的多少,是我不好提及的。我对妹妹说,份子多少无所谓,只要她来。

妹妹再次来了,说母亲一定要给了请柬才来。

请柬像刀,插在我的心上。想到母子关系正常的家庭里,母亲不仅不会要请柬,还会想到替他们的儿子省下这张请柬钱。毕竟结婚的花销是巨大的,我又全靠自己,又有沉重的债务。我不再说话。我不想迁就一个平日里似有似无的,只有母亲名号的人。既然自己生下来就等于没有母亲,强求婚礼上有她的虚幻圆满,实在没意思。

奶奶、姑妈和叔叔从上海赶来参加我的婚礼。他们知道了母亲要请柬的事,不仅叫我给,还要我亲自去请。我说,腿长在她身上,来不来,随便她。他们见我固执,叔叔说,算了,我去吧,我以前和你妈妈关系不错,我作为你的长辈去请,也算给她面子了。我没说话。

叔叔回来说,你妈妈没说来,也没说不来。那个男人对我也很客气,似乎也没有反对她来的意思,但究竟来不来,只有等到明天才知道。叔叔责怪我说,做人应该先让别人没话说,你若去请了,哪有这么多的麻烦? 奶奶也骂我说,你跑一趟就会跑断腿吗? 我没说话。

第二天,婚宴定在晚上六点开始,我站在饭店门口迎宾的时候,一直希望看到母亲。我知道母亲即便来了,意义也像个客人,但我从早上开始,就总是想到母亲,还是希望突然看见她的身影。有了这份牵挂,我觉得自己今天笑得不自然,感到心里不畅快。

我不时地看看手表,张望远方,甚至希望看到那个令我恶心的继父,毕竟他的出现,意味着母亲的到来。

六点一刻,母亲没有出现,我怀疑继父会不会阻拦母亲前来,怀疑母亲是不是遭遇了堵车。我站在那里胡思乱想,唯独不愿想是母亲自己不愿来。

六点半的时候,叔叔说,算了,别等了,你妈妈不会来了,参加儿子的婚礼,母亲是不可能迟到的。

我走向大厅,身后响起一片欢庆的爆竹声。我的脸上全是笑,心里有点悲哀,我对自己说,李单单,这样的母亲天下罕见,新婚大喜也让你扫兴。你要那些非分之想干什么,你结婚只是你自己的事情,你和你母亲的关系结束了。

16

妻子怀孕了,我激动万分,觉得自己突然长高长大,像一棵坚实的大树。我感到了血缘的神圣、我的永恒、家的幸福、天地的宁静。我仿佛看见一个蹦蹦跳跳的小可爱,正用他(她)白嫩的小食指,指东指西地问着。

我突然想到父亲母亲,想到他们是我获得这一切的源头,想到他们本来也应该感受幸福,与我们合成一幅生生不息的美满图画,但想到他们的冷酷,我对自己追溯源头时的那份感激,感到无聊。

我是那么怜爱这个还未出生的小生命,怜爱他一出生,就缺少爷爷奶奶的关爱,感到自己的责任要比其他父亲重,想到自己的这份儿女心油然而生,那么迥异于我的父亲母亲。将心比心,我迷茫自己怎么会有这样的父亲母亲,迷茫他们的人性世界,但我懒得再想下去。我讨厌自己会想到他们,讨厌自己自作多情。我也突然厌恶这对结婚离婚多次的人,突然第一次对他们有了真正的恨意,恶意地想到他们风烛残年时的惨状。我感到了自己的恶毒,自己的无聊,责怪自己干什么不好,却偏要想象父母的惨状。

一天,我刚进家门,妻子喊道,单单,快来快来,孩子动了,就在你刚才上楼时,像高兴你回家似的。妻子话音未落,已经一脸幸福地出现,不停地用手指着她的腹部。

我热血沸腾,屏息凝神,轻柔贴紧妻子的腹部探听。我又突然想到了父亲母亲,希望他们知道这些,觉得他们应该知道这些,激动得想打电话告诉他们。我相信他们会有触动,毕竟这也是他们的后人,但我又马上厌恶自己自作多情,觉得电话像没有通话功能的石头,打电话需要的那只手,也与我无关。我懒得想到他们,不愿想到他们,但有时就是情不自禁会想到。

我真切感到了小生命的存在,顿觉房间里圣洁明亮,顿感小生命与我的亲密,情不自禁嘿了一声。与此同时,我还是想到父亲母亲,觉得圣洁明亮里应该有他们的身影,但我又立即认为他们不配,厌恶自己想到他们,觉到自己真贱,觉得烦。

那天晚上,我幸福难眠。当我独自在阳台上望着皎洁的天空时,仿佛真的看见一只眨着大眼的洁白玉兔,在明亮的月色里自由欢跳。这时,我又想到父亲母亲,想到他们肯定还没有睡,想到他们本该享受有了孙子辈的自豪、庄严和幸福,但我又立即觉得他们似地上的阴影。

妻子的预产期渐渐临近,尽管我从书上看了些妊娠知识,但毫无实践经验的我,还是担心他们母子的安全。我越来越感到手足无措,感到浑身力气无处使,感到自己没用。我又会想到母亲,想到若有她在,她的经验会让我安心,但我又骂自己犯贱了,也感到对不起妻子和即将出世的孩子。妇女生产犹如过鬼门关的说法让我恐惧,我总是告诫自己不要睡得太沉,并早早准备好妻子住院时的所需之物。

凌晨三点,妻子轻轻一句"见红了",让我一下惊醒,一骨碌爬起,一把拎起包,扶着妻子走向门外。我希望最短时间内赶到医院,我巴望医院的安全保障。我又想到了母亲,但我不愿多想,一再告诫自己千万别出差错,全力照顾好妻子。到了医院的刹那,我突然有了医院就像母亲的感觉。

我望着满面痛楚的妻子,期盼她能早早分娩,期盼他们母子平安。我高兴也惶恐,好在周围的妇女们很热情,倾力传授注意事项,这让我感到人的善良,女人的善良,母亲们的善良。

第二天晚上九点,我紧张不安地目送妻子进入产房,医生的白大褂,将我速冻为冰。

子夜十二时五十分,一位护士胖胖的笑脸,突然钻出产房白色的大门。她大声喊道,三十五床(妻子在待产室时的床位号),谁是三十五床?是个儿子,顺产!我还没来得及应答,她又关闭了产房的白色大门。

我立即看见远方,在说不出方位的远方,升起了一轮红彤彤的太阳,那分明是我的心、我生命的额外延续、我崭新的活力。我感叹生命的神圣,感叹生命的精彩莫过于制造了一个真实的生命,一个蕴含巨大能量的、更新更大更有力量的真实生命。我欣喜至极,又想到了父亲母亲,还迫切想打电话告诉他们,让他们享受喜悦。我其实一点都不愿这么做,但没有他们就没有我这一切的道理,让我情不自禁,无法抗拒。

我决定打电话了,却又顾虑重重。我想着这么做的意义,想着他们肯定在睡觉,该不该打搅他们,会不会让他们不高兴,觉得他们对儿子都无所谓,又怎么会在乎孙子?我也怕睡在他们旁边的人,怀疑我想讨要喜钱。我还想到这个电话之后,我们是否来往,怎么相处,又能相处多久。我觉得烦了,觉得再大的喜事一到我家就变成了烦恼。

我正胡思乱想,产房的大门打开,移动床出现。我一眼望见妻子惨白的脸,也望见妻子身旁的白色襁褓。我冲过去,轻抚妻子面颊,也看到了一个紧闭双眼、皮肤皱皱的小小人。我知道这是我的儿子、我的太阳,我心花怒放。我又心疼妻子的虚弱,想着以后更要好好呵护妻子时,又想到母亲生我时难产,脸色应该更差。与此同时,我顿悟般地突然想到正是父亲的愚蠢加恶毒,毁了母亲的一生。

想到一个人的尊严从里到外都被粉碎,活着等同煎熬,我无比怜悯母亲,想到母亲是我和儿子的根,我却没为母亲做过什么,觉得对不起母亲,决心以后要好好照顾母亲,照顾一个可怜的女人。我满腔善意,快速向通宵营业的电话亭走去。

我说,妈,我生了个儿子。母亲说,知道了。母亲的声音夹带睡梦。我说,刚生的。母亲说,知道了。母亲的声音夹带清醒后的冷静。我以为母亲清醒了,应该还会再说些什么,但母亲没了声音。我知道她不挂电话的沉默,不是想听我说,也不是她想继续说。我没想到她有了孙子,居然无话可说。我扫兴至极地说了声"你睡吧",就挂断了电话,想到自己对母亲的满腔善意,换来她两声"知道了",我觉得荒唐,觉得不甘,抱着赌徒的心态打电话给父亲。我得到的是一声"喂",一声"知道了"。我觉得他们像两块渗不进感情的顽石。我后悔至极,骂自己贱,想抽自己耳光。

岳母清早来到医院,我喊她时,想到了母亲。但只是闪了闪念,懒得多想。岳母一个劲叫我回家休息,睡好睡足,晚上晚点来换她。我向妻子道别时,满怀感激,也心疼她的虚弱。妻子惨白的脸色,又让我想到母亲生产我的艰辛,想到母亲遭受过毁灭性打击,想到这个有过巨大不幸的女人是自己的母亲,想到自己和谁计较不好,为什么非要和母亲计较。但想到昨夜母亲的两声"知道了",觉得寒心,刚刚升起的善意顿时消散。我向儿子道别时,看到岳母怜爱外孙的眼神,突然萌生不想让儿子没有奶奶的强烈冲动,觉得自己可以没有母亲,但儿子是无辜的,应该有血缘完整的长辈群,应该获得完满的爱。当我想到母亲没来参加我的婚礼的教训,担心母亲也可能不会来看我的儿子,为了以防万一,为了儿子能有奶奶,我决定亲自去趟母亲的家。我又犹豫了,想到自己不仅仅面对母亲,还要在母亲一声声"你爸爸"里,深怀自卑,笑对继父,我感到烦,但为了儿子,我还是决定硬着头皮去。想到不方便空手去母亲家的,我感到悲哀,我不在意买东西花钱,但在意母子间交往的自由。

我买东西,感觉在购买麻烦,拎着东西,感觉拎着越来越重的麻烦,很想扔了它们再去母亲家,或干脆不去了,相信儿子没有奶奶也会幸福。但手中的东西,也让我想到了孝,突然觉得自己抱怨母亲,其实是在一直要求母亲,却从不检讨自己为母亲付出过什么;想到母亲的可怜,觉得自己不像儿子,觉得手中的东西,不仅让母亲在继父面前有点面子,更是对母亲的一点孝心,觉得这么做很好,很对,自己像儿子了。我也有了种双喜临门的感觉:有了儿子,又要见到母亲。

临近母亲的家,我看见周围还是原来的模样,觉得自己仿佛昨天刚刚来过。望向母亲的家,看见母亲正站在走廊里张望。我知道母亲的张望肯定不是因为我,却满含善意想着这是母子亲情制造的巧合。母亲的头发完全灰白,我惊诧母亲这么老了,想到以后即便常来常往,又能有多少年呢? 我慨叹岁月无情,我的无情,再次想到父亲带给母亲的伤害,心疼母亲,恨自己小心眼,恨自己没有宽容继父之心,骂自己是小人。

母亲的目光从我的身上扫过,但紧接着,就迅速回到我的身上,集中在我的身上。母亲笑了,大声说,单单,单单来了啊! 母亲又扭头向走廊里的邻居大声说,张奶奶,我的儿子来了,我的儿子来看我了,他刚刚生了儿子,我有孙子啦。

母亲对我的态度,是我期盼的,但反感母亲向邻居说这种实质上说明我们母子生疏的话。母亲邻居的笑,让我看到复杂,像美妙的乐曲中的杂音,让我不自在。此时,我正好看见一群绒球一样的小鸡围着老母鸡,我觉得人复杂,觉得鸡单纯。

我舌根僵硬,很不自然地喊出"妈"这个字。我听到声音的刹那,恍惚得不知道自己喊了谁,也不相信自己还会朝谁发出这声音。

母亲热情地对邻居说,我的儿子像我吧,帅气吧,儿子,这是张奶奶,喊张奶奶。

我觉得母亲的热情太多余,觉得烦,但还是朝张奶奶礼貌笑笑,嘴里含糊滚出"张奶奶"三个字,与此同时,我觉得自己像圆形的东西,滚向远处。

母亲说,我儿子是作家,经常在报纸上发表文章。母亲一脸得意,又望着我说,儿子,这里面也有我的遗传是不是?我年轻时读了不少世界名著,像《斯巴达克思》《匹克威克外传》,还有《浮士德》。

邻居张大妈一个劲地点头附和。

我知道这种场面,是最平常不过的人际交往,但我不想让别人欣赏我们母子关系的特别,更不愿为这个欣赏者保持笑容,我感到烦。我宁可做那种被邻居们视而不见,或视而不见邻居们,只顾走向母亲家的儿子,觉得笑嘻嘻的邻居像拦路虎,是障碍。

走进母亲家的时候,我觉得走进黑窟窿,觉得继父会像暗处突然窜出的一条狗。我正这么想着,母亲说,你爸爸去买酱油了,也不知为什么到现在还没回来。

我知道了母亲在走廊里张望的理由。母亲口中"你爸爸"三个字,让我浑身不舒服。我厌恶继父,加上我刚刚成为父亲,对"父亲"这个词充满敬仰。我很想让母亲以后不要再这么说,但母亲苍老的背影,让我不忍开口。

母亲走在我的前面,我真切感受到自己是和母亲在一起。我为自己有这样的念头感到恍惚。

母亲的家狭小黑暗。我似乎忘了这是母亲和继父的家,或者说,是我拒绝往这方面想。我想到母亲那间一无所有、更小更暗的宿舍,想到那次吃饭的场景,想到自己曾觉得母亲所在的地方就是家,我很伤感。

母亲说,买这么多东西干什么,买一条香烟就够了,给你爸爸意思意思就可以了。

母亲的话,让我回到现实,觉得"你爸爸"三个字扎耳,觉得烦,觉得身后有条狗在盯着我,觉得那些东西,是我的无奈与尴尬,我没吭声。

母亲说,我也的确该为你做些什么了,我要为你攒钱,为你打枚金戒指。我总要留些什么给你的,我还要攒些钱给你儿子,给他上学用。

我想到母亲在化验室里吹牛的样子,觉得母亲没必要急着说这些,何况我压根就没想过要她的东西,我毫无感动。我说,我不需要你攒钱,我对生活没什么要求,不讲究吃也不讲究穿,我也不想你为钱为难,只希望你在这个家里能过得太平无事。我说的是真心话,是给母亲的真诚善意。

母亲说,我相信,我相信,我的儿子是作家,精神享受才是第一位的。

　　我感觉母亲食言而肥了，厌恶母亲吹牛的毛病到老不改，也突然想到直到此刻，母亲都没询问一句我妻子、我儿子是否安好的话，觉得母亲对我无心，对她的孙子同样无心，我因此不想说话。

　　母亲话锋一转，说，单单，夫妻处长了，其实就是朋友。什么样的关系处长了，其实都是朋友，就像我们母子，其实也是朋友关系，应当常来常往，经常走动，像朋友一样，你说呢？

　　我顿生反感，很想问母亲一句"你和父亲是夫妻关系，你们是朋友吗"，我觉得母子关系像朋友的说法，摒弃了血缘天性，降格了亲情，贬损了亲情，觉得夫妻也不是朋友关系这么简单的，我没吭声。

　　母亲说，母子不来往，是很难看的，是一点面子也没有的，你说对不对？

　　我觉得伤感情，心想，你该问的一句不问，说这些乱七八糟的有意思吗？我觉得自己该走了。我想和和气气地走，或者说，是我不愿我们的母子关系更糟糕。我说，我走了，在医院陪了一夜，我回家睡觉了。我这么说，也是提醒母亲至少应该问问我儿子。

　　母亲说，你在床上躺躺，吃了中饭再走。

　　我依旧往外走。

　　母亲说，那等你爸爸回来了再走，你不来，我做人一点面子也没有。

　　我憎恶母亲的理由，感到荒唐，毫不留情地往外走。

　　母亲说，你爸爸正好回来了，你等会再走。母亲说完，抢步迎

216

向继父,笑着说,老头子,单单来看你了,还买了很多东西孝敬你。母亲又对我说,单单,你爸爸回来了,快喊爸爸。

我已经一肚子不愉快,母亲讨好继父的样子,母亲口中"你爸爸"三个字,让我更加恼火,但我不想母亲难堪,不想他们因我而吵架,我递给继父一支烟,我觉得屈辱。

继父接过烟,噢了一声。

母亲依旧热情地对继父说,老头子,单单生了个儿子,是特地来向你这个爷爷汇报的。

继父噢了一声,走进了另一个房间,母亲跟了进去。

我立在那里,听得见他们窃窃私语声。我走也不是,不走也不是。我想着我只是今天才出现在母亲生活里,连偶尔都谈不上,而他们是朝夕相处,相安多年的夫妻,想着母亲对我不管不问,连我的婚礼也没参加,母亲早就把这个家看作她的归宿,看得远比我重要。我在母亲的眼中,属于这个家之外的外人。

母亲走了出来,拿着两百块钱,笑着说,你生了儿子,你爸爸很开心,给你这点钱表表心意。母亲又喊着继父的名字,问他对不对。继父没应答。母亲说话的同时,还轻轻打开五斗橱抽屉,拿出两百元,小声对我说,这是老娘的私房钱。母亲把四百块钱递向我,边小声说,少是少了点,是我这个做奶奶的心意。母亲见我不收,边使劲塞给我,边朝继父待着的房间使眼色,边小声说,赶紧拿着,不要给他看见,快,快。

我尴尬,拿也不是,不拿也不是,但想到会还给她,我接了过来。母亲又大声说,老头子,单单说谢谢你。又小声对我说,赶紧

217

收好,别拿在手上。这时,门口传来了嘈杂声,母亲说,是来喊我打麻将的,我天天没事,搓搓小麻将玩。母亲见到邻居,指着我说,我儿子来看我了,他才生了个儿子,我当奶奶啦。邻居们边打量我边说恭喜,母亲说,我儿子长得像我吧?他是作家,经常在报纸上发表文章。

我很不适应这些打量的眼神,又不想让母亲难堪,我假笑着。

他们坐好了位置。母亲说,单单,你打不打?

我摇摇头。

母亲说,那我打了。我想,若换作母亲来我家,我是什么应酬都放弃的,毕竟我们已经多年没有见面。母亲开始还在重新洗牌时,看我一眼,或朝我笑笑,之后,就沉浸在麻将里,仿佛忘了我。想到我和母亲生活在同一片天空下,生活在同一座城市里,从她家到我家,也只有五站路,在这么小的范围内,我们多年不曾往来,路上也没相遇一次,我迷茫于我们的母子缘分。我说"我走了",母亲只是简单的一句"我打麻将,不送你了"。

走出母亲的家,我有一种被赶了出来的感觉。

17

三天后,母亲和继父来到医院,想到这是母亲和我交往的开始,想到儿子会有奶奶了,我很高兴。我从继父毫无笑容的脸上,读出他根本不愿来,猜测他是被母亲硬拖来的。我没想到继父会来,也不愿他来,想到母亲肯定又是为了面子,觉得母亲多事,但我还是客气地向继父点点头。母亲描了眉,涂了口红,衣服却很旧很过时,显得寒酸。母亲这么刻意打扮,却没一件穿得出门的衣服,我想到母亲也老了,想好明天要为母亲买一身崭新的行头。

我介绍岳母,母亲笑着点点头。妻子喊了声"妈",母亲笑着点点头。母亲没和她们多话,直接走到襁褓前,看着我的儿子,大声说:"小朋友,亲奶奶来看你啦。"

我顿生反感,觉得母亲太夸张,没必要自称亲奶奶,觉得母亲毫无文明意识,毕竟房间里还有六个产妇和刚出生的婴儿。母亲口中的"小朋友"三个字,也让我觉得扎耳,觉得孙子就是孙子,不是"小朋友"三个字可以替代的,但我又不好说什么。

母亲又大声对妻子说,我和你爸爸商量好了,小孩没人带,你们就住到我家去,我来带。母亲说完,看了看门外的继父。

我知道母亲是看继父的脸色,知道母亲根本就没和继父说过。我知道母亲又在吹牛了。别说我不可能住到她家去,就算我想去,继父也不反对,她家这么小的房子,我们一家三口睡哪里?看到妻子和岳母感激地回应母亲,看到母亲满足的笑。我觉得母亲在玩弄她们的善良,在玩社会经验。我一肚子气,但只能一声不吭。

母亲又对我的儿子大声说,小朋友,亲奶奶要和你爷爷去办点事,亲奶奶先走了,以后来看你。母亲说完,朝岳母和妻子笑着点点头,走向门口。

我觉得母亲太敷衍,不像奶奶,不像婆婆,母亲居然没有摸一摸我的儿子,我心想,你来医院干什么,你何必来?但我还是一声不吭地把母亲和继父送出医院大门,为他们喊了出租车,并付了车

219

钱。我不想先伤害我和母亲刚刚开始的交往。

妻子说，你妈能说让我们去她家住的话，真的很不错了，我们以后要经常看看她。我虽然点头，但妻子的善良，让我更加厌恶母亲。我心想，但愿这次是我错怪了你，是我对你的要求太高了些，你肯定不知道我最恨和亲人玩社会经验的人，我就和你赌一场，就当这次是我走了眼，我还会先对你付出，明天为你买衣服，假如你还母亲不像母亲，就别怪我无情。

第二天，我打电话约母亲在商业大厦碰面，我没说为她买衣服，只说有事找她。

母亲还是昨天的衣着，我向母亲说了用意，我希望母亲拒绝，希望母亲的态度越强硬越好。我相信没有母亲愿意增加儿子的负担，尤其我还背了许多债务，母亲应该会从妹妹那里得知这些，况且她从未关心过我，即便不歉疚，也不应该坦然接受。我并非舍不得为母亲买东西，或认为自己欠了债就不应该给母亲买东西，或心存其他功利念头。我只是希望母亲能像我想象中的母亲。我也觉得自己很小心眼，弄不懂为什么只要和母亲在一起，就会产生这么多的想法和要求，但又觉得自己没错。

母亲没有拒绝，她说，那就买条裤子吧，给你爸爸看看，我也有面子。我失望透顶，我是为了母子情分，不是为了面子。我觉得自己每次对母亲的善意，都被她弄成零，觉得母亲对我真是无心至极。

走向商场的刹那，我不愿和母亲走个并排，但又没办法逃避。我觉得不习惯，更怕遇到熟人，怕他们问我身旁这个又老又胖，穿着寒酸的老太婆是谁,怕背上不孝的恶名。我相信人人都会厌恶一个让母亲穿着寒酸的儿子。尽管我知道母亲人老人胖走路不方便,很想伸手扶扶母亲,但我最终只是相信我敏捷的身手,完全有不让母亲摔倒的能力。直到这时,我发现自己对母亲很冷漠,甚至冷酷。我不愿承认这个事实,终于伸手去扶母亲。

母亲打开我的手,说,没关系,我能走。

我觉得解脱,为了缓和气氛,我说,你胖,裤子肯定不好买,不如买块衣料让裁缝做。

母亲说,也对,随便买块便宜的,意思意思就行了,都是你说我穿得破,我一直感觉很好的。

我没说话,指着价钱贵的那些布料说,你喜欢什么颜色的?

母亲看到了价格,说,太贵了,三百块钱一米买它干什么?

我说,你年纪大了,也应当穿好一点,再说你也没一件像样的衣服。

母亲不说话,要看便宜的布料。我拽住母亲说,又不是贵得我承受不了,就买这边的。这么僵持了一阵,母亲边说太贵了,边指了指她看中的布料。

我说,你平时做裤子,要多少布?

母亲还未回答,一旁的营业员说,老太太胖,要一米一才够。

母亲连忙接口说,一米就够了,我年纪大了,本来也不喜欢衣服长,多买浪费了。

我照营业员的话买了布料,没让母亲知道。我又指指卖鞋的地方说,我再为你买双棉皮鞋,又舒服又保暖,把脚上这双破老棉鞋就地扔了；再到楼上为你买件羽绒服，把你身上的破棉袄也扔了。

母亲说，已经买了这么好的裤料了，我已经很满足很有面子了，我真的什么也不要了。

我反感母亲扯到面子，也感动母亲善意的拒绝。

无论我怎么劝，母亲再也不肯买鞋。我更感动母亲的善意，更想为母亲买，但又不能用力拽，毕竟她年纪大了，况且这是商场，我怕这么夸张的举止遭人嘲笑。无奈之下，我说，你今天不肯买就算了，我把钱给妹妹，让她替你买。

下电梯时，我听到了抽泣声，方位好像来自一旁母亲的位置。我没想到母亲会哭，也不相信母亲会哭，母亲刚刚还是好好的。

是母亲在哭。

我吃了一惊，刚想问怎么回事，母亲旁若无人地边哭边说，还是儿子孝顺啊，还是儿子好啊！

我觉得为母亲买一块裤料，距离孝顺还远得很，觉得母亲即便感动，也不必如此小题大做，毕竟这里是人头攒动的商场，会招来众多目光，想到别人即便听清了母亲的话，对我而言，依旧是不光彩的。我觉得难堪。

母亲继续边哭边说，谁都和我算计，和我算小账。你妹妹也是，给我买了一件五十块钱的裤子，就说很好了，钱还要从每月给我的生活费里扣。只有儿子给我买最贵最好的毛料，还要给我买棉皮鞋和羽绒服。

我伤感了，想到自己若是对母亲用点心，母亲可能不会这么苦,觉得自己很无情。我伸手扶住母亲,轻声说,妈,一切都过去了,一切都会好的。我也想到直到此时,我才喊了声"妈"。

我一直把母亲扶着到商场门口,没觉得不习惯,也不在乎遇到熟人。

我为母亲喊了出租车,并付了钱。我把母亲先前给我的四百元还给母亲,说,心意我领了,钱就算了,你过得好、过得平安就行了。母亲又塞给我,我在出租车即将开动时,把钱塞进了车窗。

我没想到为母亲买衣服,会买来一片伤感。想到母亲过得这么苦,我惭愧和内疚,想到母亲不愿多花钱的样子,感动母亲的体恤,觉得为母亲买衣服,把钱还给母亲,都是作为人子的我应该做的,却又那么微不足道。感到我们母子之间,其实自始至终充满了善意,很想不通我们为什么不能成为正常的母子,也想以后为母亲做些什么,毕竟母亲这一生可怜,如今又老了。我一直望到出租车消失。

18

没隔多久,母亲来我家了。这是母亲第一次来我家。

这时,奶奶也从上海来到了我家,老人家是特地跑来看重孙子的。我不能报爷爷的恩,我很难受。如今能天天孝敬奶奶,我视作上苍的恩赐。我对奶奶说了母亲去过医院的事。奶奶高兴地说,这样好,应该来往的。

我希望母亲到我家后,能对奶奶说些感谢的话,或说声对不起。我不是偏袒奶奶,我知道有了孩子,也就有了一堆做不完的琐事,还有时时刻刻的牵挂,我认为奶奶对我的付出,是做了母亲本该做的。尽管奶奶当年抱怨过母亲,我觉得很正常,但母亲不说这些,我也不怪她。毕竟奶奶对母亲的抱怨,已经多年不曾听到,毕竟往事如烟,过去的就让它过去,只要重新有个好的开始就行了。

母亲是在一个阳光灿烂的上午来我家的。我去接她时,奶奶高兴地说,一晃这么多年,也不知道你妈妈现在变成什么样子了。我感到了奶奶的宽容和善良。母亲当然不认识我家,我说了一处她知道的建筑物,说在那里等她。

我高兴地等候母亲,觉得这是我人生里的一件大事。我莫名其妙有股刚刚出生的感觉,灿烂的阳光,仿佛母亲的氛围。与此同时,又觉得我们的母子关系滑稽。母亲老了,我也活到有了儿子的年纪,母亲居然不认识儿子的家。我隐隐预感我与母亲的交往,可能又会昙花一现。

我笑眯眯地迎向母亲,接过母亲手中的东西。母亲说这是她买给奶奶的高邮咸鸭蛋,说奶奶很喜欢吃咸鸭蛋的。我感到世事沧桑,却改变不了人的记忆和温情。

我家住在五楼,母亲刚到三楼,就大声地喊道,单单奶奶,我来看你了。

我又觉得母亲夸张,觉得母亲真想看奶奶的话,也没必要等到现在,就像她假如想来我家一样。我希望母亲平平静静走进儿子的家,像别的母亲一样。

奶奶和我的妻子笑盈盈地立在门口迎接,我的不满也被奶奶和母亲相见的热情淹没,我看见宽容和温暖的同时,也骂自己总是挑剔母亲。

母亲笑着对奶奶说,姆妈,但母亲接着改口说,现在不应该喊姆妈了,现在应该喊单单奶奶了。单单奶奶,我们至少有三十年没见过了,你身体还好啊?

奶奶说,还好还好,你呢?

母亲说,我有高血压、心脏病,还有脉管炎,已经是活一天算一天的人了。

奶奶说,你和我比年轻得很,不要说这样的话。

母亲说,单单奶奶,我对不起你啊,我欠你的啊,我知道你来了,我怎么都要来看看你的。我知道你喜欢吃咸鸭蛋,特意买了最好的高邮咸鸭蛋。

母亲的道歉,让我高兴。

奶奶说,单单都这么大了,都结婚有小孩了,还提那些干什么?难为你还记着我,还买东西来,你也是上了年纪的人,身体又不好,这叫我怎么过意得去啊?

母亲说,我叫单单他们到我家去住,我帮他们带孩子,单单就是不愿意。

我觉得她又犯吹牛的毛病了,虽不快,但想到母亲需要做人,可以谅解。

奶奶说,真难为你有这份心,我也一直担心他们两个会不会带小孩,能不能把小孩带好呢。

母亲说,你放心,你回上海,我就把他们接到我家去。他们不去也不行,我会逼他们去的,我和我家老头子已经讲好了。

奶奶说,有你这话我就放心了,单单也不容易,他结婚的时候,我在来的路上还在想单单能把家布置好吗?有没有家的样子?我到了一看,大大出乎我的意料,但家是像家了,也落下了一屁股的债,现在又添了小孩,真不知他们以后怎么过下去。

母亲转移目光,扫了扫四周,说,你放心,我会照顾他们的,也会攒钱替他们还的。

奶奶感激地说,有你这个当娘的管,我就放心了。我当年为带单单放弃了工作,自己都吃子女的,现在老了,不当家了,也就没钱贴他了。

母亲说,单单奶奶,我对不起你啊,让你为单单操心到现在。不过你现在可以放心了,我肯定会尽量帮单单的。

我看着她们谈话,觉得奶奶真诚又善良,母亲却满嘴假话。我对母亲许诺似的保证反感至极。母亲刚才看我房子的眼神里毫无珍爱之情,根本不像一个母亲在看自己儿子的房子。我从小见识过太多的眼神,太多的人心。我觉得母亲在玩社会经验,在欺骗奶奶,欺骗我最亲的人。我心里很不舒服,若是换作别人,我可能会吼上一声滚蛋,但这个人是第一次来我家的母亲。我心里抱怨说,你对一个恩人,又是老人,满嘴胡诌,你怎么好意思的?你什么话不能说,为什么非要说假话?你若有奶奶对我的半点心思,我们母子关系也不会如此恶劣。我从内心不想原谅她,觉得她实在做得太过分。

这时传来了我儿子的哭声,母亲说,我进门到现在还没看小朋友,他生气了。小朋友,我来啦,亲奶奶来啦。

奶奶和妻子笑着相随,我也默默跟着,心想,看你怎么表演。

母亲望着我的儿子说,小朋友,不要哭,不要气,亲奶奶来看你啦,亲奶奶来看你啦。母亲说着,从口袋里掏出四百元,递给妻子说,这是我做奶奶的心意。

妻子并不知道我还母亲钱的事,推让着说,你都给过了,我哪能再收呢?何况你的条件我也听单单说过。

母亲慷慨地说,不行,一定要收下,这钱是给小朋友的,是亲奶奶的心意,难道你不让小朋友接受亲奶奶的心意?

我说,钱就免了,就当你以后来我家的打车费,你多来来就行了。

母亲把钱往妻子的手里一塞,说,收下!否则我这个做亲奶奶的,真的一点面子也没有了。

妻子还想推让,奶奶说,就拿着吧,这也是她做娘的一片心。

母亲做完这一切就说要走,说要回家做饭了。我见母亲又没碰碰她的孙子,觉得她这个奶奶,根本没法和我的奶奶比,却还在自称亲奶奶,简直虚伪透顶。我一句挽留母亲的话也没说,我实在说不出口。

母亲出门时对奶奶说,单单奶奶,你若是还住在单单这里,我会来看你,我欠你的啊。我以后去上海的大姐家,肯定也会看你的。

奶奶满脸感动的神情,握着母亲的手说,过去的事情都过去了,难为你还来看我,到上海一定来我这里。

母亲说,放心,我只要去上海,一定要去看看你的。

我知道母亲又是撒谎,我根本不相信母亲会到上海看望奶奶。我看着母亲用谎话把奶奶哄得笑眯眯的,为奶奶的善良感到心酸,更加觉得母亲内心的残酷。我也第一次发自内心恶心母亲的人品,为有这样的母亲感到有苦难言。

我不想对母亲做错什么,免得日后良心不安。我一直把她送上出租车,并把四百元塞进车窗还给了她。我不想母亲在钱的问题上为难,这是我起码的善意。我也不想让我的儿子接受这份不像奶奶的人给的钱。

母亲刚上出租车,我转身就走。

19

一个月后,母亲再次来我家,她在楼下就大声嚷道,单单,单单,老娘来啦。

奶奶说,你赶快下楼迎迎她。

我说,她认识的。

奶奶说,你妈妈能大老远跑来看你,你下个楼有什么不可以的?去,赶快去。

我硬着头皮下楼,希望不要碰上邻居。我不想让别人知道一个自称老娘的人就是我的母亲。

我没喊母亲,我喊不出口,也懒得喊。

母亲说,老娘来的时候,想到要爬你家五楼,就感到可怕,就不想来了。

我心想，你什么时候真想来过？但我又想到母亲年纪大了，人又胖，我说，我扶你上楼。但我没有伸手。

母亲说，老娘还没到七老八十的年纪，老娘走得动。

我看着母亲吃力地爬着楼梯，觉得自己还是应该扶一扶母亲，但就是伸不出手。

母亲一见奶奶就说，单单奶奶，五楼爬得真吃力啊。

奶奶说，真是难为你啊，又大老远跑来，还要爬五楼。

母亲说，没办法啊，谁让这是儿子的家呢。

我心想，儿子的家即便在十楼，就能挡住一个母亲想来的心？你若真是一个称职的母亲，我肯定背你，但你就会夸张。

我懒得看母亲的夸张和撒谎，独自到另一个房间看电视了。

吃饭的时候，奶奶、母亲、妻子正说得和气一团，母亲突然严肃地对妻子说，小王，你以后对我家单单要好啊。

我心想，你只是一个对媳妇未尽半点责任的婆婆，和媳妇客客气气就行了，有资格这样吗？我赶紧说，小王对我很好的。

母亲说，你若对我家单单不好，我会和你拼命的。我老了，命不值钱，你能听懂我的话吧？母亲说完，皮笑肉不笑，眼里满是邪恶与挑衅。

妻子是个老实人，停止了咀嚼，僵在那里。我知道妻子是不知所措，是不知该说什么，不知如何应对突然而至的意外。我对母亲的行为厌恶至极，一头恼火，心想，你难得来一次，大家客客气气有什么不好？没事生事，说出这么恶毒的话，你吓谁？把社会上的一

229

套用在家里,真是恶心。我当即板下脸,提高嗓门说,我不是偏向谁,你有必要说这话吗?

母亲扫了我一眼说,我是帮你。

我更觉得恶心,我说,你难得来一次,给这个家带来点安稳好不好?你的话是在欺负人,有必要吗?这是小王人老实,不说你什么,否则……我本想接下去说,就是小王和你吵,甚至让你滚蛋也不过分。

奶奶在我的胳膊上打了一巴掌,说,单单,你怎么可以这样和你的妈妈说话?

我说,都是家里人,说这些以命威胁的狠话干什么?

奶奶瞪了我一眼说,你还嘴硬。奶奶说着,用筷子在我的头上敲了几下,说,吃饭吃饭。

母亲突然笑了,说,我也只是随便说说,吃饭吃饭,小王也吃饭。

母亲表情变化之快,让我想到只有社会上那些油滑无耻的人,才会变脸变得这么快,我对母亲反感至极。

吃完饭,母亲说要和我谈谈。我们来到另一个房间,隔着桌子面对面坐下。

母亲说,我是帮你,你还一点面子不给老娘。

我说,没你这样的帮法,有必要吗?

母亲说,我是你的亲娘。

我想说,你还好意思自称亲娘?但我缓了缓语气说,在我的眼里,你和她是平等的。

母亲说,好了好了,事情过去就不说了。母亲说着,掏出一百元递给我说,听你妹妹讲小王把钱卡得很紧,你口袋里总是空空的,你拿着当零用钱。一个男人的口袋里怎么能没钱呢?很没面子的。

　　我听出事出有因,想到母亲也没因为我的顶撞生气,还给我钱,想到母亲的善意与宽容。我没接钱,软了软语气说,小王的确卡得紧了些,这也是因为家里欠了债,但我开口要,她也不会不给。我说过我不要你的钱,我不想你为这些为难。

　　母亲说,你一定要拿,这是你爸爸不知道的,是我买菜省下来的。

　　我感动母亲的善意,说,这就更加没必要了,我不想你辛苦。

　　母亲说,你一定要拿着,我知道你的经济很紧张。

　　我觉得母子之间为了一百元钱推来推去没意义,也很荒唐,我说,你就放在这里吧。

　　母亲说,你拿起来,别给你老婆看见。

　　我说,她也不是卡钱,她是过日子的人。

　　母亲说,男人口袋里总要放几个钱的。

　　我说,我有的。

　　母亲说,你把钱拿起来。

　　我体会着母亲的用意,觉得我们母子仿佛在玩小孩的游戏,我笑了,把钱放入口袋。母亲也笑了,说,不要给你老婆知道,也不许在我上车后还给我。

　　我说,放心,这钱我不会还的。

我刚觉得母子间的亲情,就听母亲说,我和你爸爸为什么离婚的事,你听说了?

　　我点点头。

　　母亲说,你奶奶说的?

　　我没吭声。

　　母亲说,你知道的可能不一定对,你也长大了,有些事对你说也无所谓了。

　　我没吭声。

　　母亲说,你爸爸那时那个方面有毛病……

　　我恼火母亲撒谎。父亲和母亲离婚后又结过两次婚,都是结婚不久就有了孩子,父亲的那方面怎么可能有毛病? 我心想,你以为我是三岁的小孩,拜你和父亲所赐,让我见识了太多人心,我的社会经验根本就不亚于你。我打断母亲的话,语气很硬地说,隐私是会吸引一些人,但没有儿子愿意知道自己父母的隐私,起码我就是这样的儿子。

　　母亲尴尬地说,况且你爸爸那时还经常出差。

　　我真想说,父亲出差就是你偷人的理由? 出差的人多呢,难道他们的老婆都偷人? 我用不屑的语气说,我再说一遍,没有儿子愿意知道自己父母的隐私。

　　母亲沮丧地说,好,我不说了,但你怎么对你的妈妈,你妈妈都不会计较的,我知道我欠你的。

　　我想听这样的话,但作为儿子,又从内心不忍听见母亲的道歉,毕竟这除了让我伤感,没有任何意义。我再次觉得这种母亲不像母亲,儿子不像儿子的故事,是人间的悲哀,探讨谁对谁错,简直是神经病。我说,我没怪你的意思,事情都过去了,就让它们过去。

母亲说,以后没事也去我那儿玩玩,这也是给我这个做娘的面子。

想到母亲把我们的来往,更多的是视为一种面子,想到母亲总是对我称呼那个男的为"你爸爸",从不考虑我的感受,我淡淡地说,你家我就不去了。

母亲说,为什么?

我说,不为什么,不想去。

母亲说,其实一家人就像朋友,夫妻是朋友,母子也是朋友,走动走动没什么不好。

我反感母亲把亲情混淆为友情的说法,语气硬硬地说,没原因,就是不想去。

母亲说,究竟为什么呢?

我不吭声。

母亲说,儿子大了,总会有自己的想法的,这也难怪。

我不想解释什么,我知道有些东西越解释越乱。我和母亲相对无语地坐了一会后,为了避免尴尬,我说,我给你添点水。母亲突然站起身说,我回去了。

我说,你也是难得来,反正他也知道,不如吃了晚饭再回去。

母亲坚决地说,我回去了。

我想她是自己的母亲,本就不需要讲究虚伪的客气,况且今天又弄得彼此不舒服,我不再挽留。我说,正好单位里发了几十瓶啤酒,你知道我不喝酒,给你吧。

母亲说,这么多,我拿不动的。

我说,反正喊出租车的,我替你拿下去,车到家门口,你叫他们扛上去。

母亲临走时,对奶奶大声说,单单奶奶,我以后去上海,我会看你的。奶奶笑得直点头。我真的很反感母亲对奶奶说的这些话。母亲又走到我儿子的襁褓前,对我的儿子说,小朋友,喊奶奶。母亲说到此,望着我们笑了笑,又对我的儿子说,小朋友,喊第一声奶奶,我给两百块。

奶奶和妻子都笑了。我笑不出来。

奶奶要送母亲,我拦住奶奶说,奶奶,你年纪大了,走路不方便,就不要送了。我是觉得奶奶不值得送一个只会对她吹牛的人。

我拎着两捆啤酒,和母亲一起慢慢下楼。我们走到二楼时,还听见奶奶对母亲说,常来玩啊,到上海一定到我那里去玩啊。

母亲也大声应答,晓得了,我会的。

我把母亲送上车,并给了司机十元钱,母亲要制止,但我还是给了。车启动时,想到母亲下楼时吃力的样子,想到自己今天对母亲的态度也有问题,我对母亲说,妈,常来,打车来去,很方便的,车钱我付。

母亲说,好好。

我一直目送着出租车拐弯,才反身上楼。

我没想到母亲再也没有来过我家。

20

数年后的一天,妹妹和我聊了些琐事闲话,妹妹语气一变说,外婆死了。我的心里猛然一空。与此同时,我从妹妹说话的态度,判断外婆去世可能有一段时间了。我恼怒自己居然连外婆的死讯都不能及时得到,都不能及时悲伤,而造成这一切的,是我们母子的不来往,导致我和母亲的娘家人往来稀少,导致他们忘记了我也属于外婆的外孙子。我问,什么时候走的?

妹妹说,已经两个多月了。

我对母亲腾起一股巨大的痛恨。我默默走到窗口,望着茫茫天空,咬牙切齿地说,往事如烟。我怕妹妹听不懂,补充说,我说的往事如烟,是指我和妈之间的所有事,包括将来的。这一刻,我决定从此当母亲死了。

我刚刚获悉外婆的死讯,恍惚有外婆刚刚去世的错觉,恍惚觉得晚点知道外婆的死讯是好事,仿佛外婆会因此多活了两个月。我知道这只是我对外婆的一片善意。

我很想去给外婆磕个头,算是尽一份心,但又考虑到自己与母亲娘家人的生疏,懒得让他们看见我的内心世界,只能决定算了。只能对自己说,外婆已经死了,你去,她也不会复生,你只要有这份心意就行了,外婆也会知道的。

我只见过外婆两面,一次是在大舅家,一次是在大姨家。

在大舅家,记得表哥拉着我对外婆说,奶奶,你认识他吗?外婆一把拉过我的手,笑着说,是单单,长得这么像他妈妈,还能认不出来?外婆的话,让我感到血缘真是神奇,像如来佛的手掌,谁也跳不出它的神秘之力,也真正感到我有个外婆。

在大姨家,外婆中风刚病愈,能缓慢走动,但不能说话。外婆从我一进门,就一直握着我的手,一直慈祥地望着我微笑。我怕累到外婆,扶外婆坐下。我和大姨说话的时候,外婆依旧拉着我的手,这么满目慈祥、这么微笑地望着我。那天,外婆让我知道了亲情的真正含义,知道了我真正在为什么感动,知道了我只有一个外婆,只有外婆才会对外孙这样。

21

妹妹来玩的时候,我还是会想到母亲。我不想都不行,但我至多问一句,她还好吧?我其实不愿问。我已经对自己说过多次就当母亲已经死了的话,甚至觉得问问,属于没事找事。但我还是忍不住要问,我不是想知道母亲的近况,也不是想知道母亲的更多情况,我只是想知道母亲是否活着。

一天,妹妹说继父的儿子长大了,经常对母亲瞪眼睛,有一次居然推搡了母亲。我顿时热血沸腾,怒气直冲脑门,浑身的劲道猛往掌上涌,恨不能立即冲到母亲家去。我觉得自己不能接受母亲受到欺负,也感到耻辱。与此同时,我又用力掐着大腿,理性地对自己说,人家小时候经常为你的母亲捶腰,你捶过一次吗?人家才是母子,况且你的母亲也不是一个修养好的人,这一切都是你母亲自作自受。你记住,那是你母亲一直维护的家,是你母亲可以舍弃母子亲情维护的家,你的干预,最多是打散母亲的家而已,甚至还会遭到母亲的怨恨。你以为你是谁,纯属自作多情,你的母亲若把你当儿子,也不会好好的就不来你家。你没有母亲,你的母亲已经死了,你还总把这样的人看作母亲,你就好好忍着吧,只要你母亲不离婚,就说明她的日子能过下去,就说明她愿意接受这样的生活。

再想到清官难断家务事,想到磕磕绊绊的家庭琐事纷争中,除了能说明一个巴掌拍不响的道理,还能说明什么呢? 谁对谁错,不仅理还乱,更有他们剪不断的生活情分融在其中,又岂是我这个旁观者能看清,能干预的? 这么一想,我觉得刚才知道的,仿佛都是别人的事,觉得自己只是看客,并已经看到纷争尘埃落定,人人生活安定。我把话题引到别处。

一天,妹妹说,那个男的大概不行了,是心脏病,还在医院里,也不知能不能抢救过来。要不是妈发现得早,他大概已经不在了。

我尽管想到继父死了,对母亲肯定是打击,但我对此无动于衷。我对继父的死活毫无兴趣,却突然想到继父假如真的死了,对我而言是好事,这样我和母亲就有可能重新开始母子关系。我还想到不应该让母亲和继子住在一起,应该把母亲接到我家来,觉得这么做天经地义。我惊讶自己还会有这样的念头。我知道这不是来自对母亲的宽容与善意,只是为我没有母亲的人生感到不甘。这样的机会建立在继父死后,我感到自己的残酷,也感到母亲的可恶,感到心烦。我对自己说,李单单,你难道还不死心吗? 你不是

237

当她已经死了吗？为什么明知徒劳,却还要找麻烦？这么做有意义吗？能说明你的什么呢？你的母亲老态龙钟,一身毛病,你接纳这样一个沉重包袱,会给你的妻子带来一堆的麻烦。你的母亲一生荒唐,这是她的报应,是活该。

继父活了过来,活得好好的。我失望的同时,想到这是天意让我们母子只有空空的名分,也就更加认定这份母子情已经死去,我想彻底忘了母亲。妹妹再来时,我总是拒绝想到母亲,觉得去想母亲,最没意思,也最没意义。

22

数年后的一天,妹妹说母亲中风住院了。

我觉得母亲已经陌生到仿佛想不起来的程度,但我又很清楚妹妹说的人,是生下我的人。我不在乎母亲的病情,不愿问,也懒得问。我只是出于对生命的怜悯,我说,这很麻烦。

妹妹说,医生说不重,只要出院后调理得好,心情好,就会很快康复的,现在我和那个男的在轮流服侍妈。

我平静地说,你自己小心点身体,你本来就家务忙,还要服侍妈,自己吃好睡好。

我听见自己发出"妈"字的声音,心仿佛被蜇了一下。母亲是病人的概念,在我的脑海里清晰起来。我想到自己是否应该去医院看望母亲。我不想做人太绝,但想到令我讨厌的继父,以及他的儿子,想到自己怎样面对他们时,又感到烦躁不安,直想逃避。

我想让妻子去看望母亲,但想到自己都不愿出面的事情,怎么能叫妻子去呢?认为从任何角度而言,妻子都无须为母亲付出什么。最后,想到这又不是去见母亲最后一面,没什么值得大惊小怪的,想到即便是去见母亲的最后一面,也没什么意义,见与不见都一个样,再次涌起只当母亲已经死了的念头,也就懒得再想下去。

　　不久,妹妹说母亲已经出院,说母亲的左手和左腿不听使唤。我并不心疼母亲,但想到久病床前无孝子的古话,想到继父和母亲不是原配夫妻,是否会有嫌弃母亲的恶意,想到母亲已经行动不便,意味着绝对依赖继父,意味着母亲完全处于别人的控制之下,我还是感到不放心,有了对母亲的牵挂。我问,那个男的对妈还好吧?但我问完后,又觉得自己无聊,觉得自己多嘴,继父对母亲的好与坏,我即便知道,又能管多少?又该怎么管?凭什么资格去管呢?我感到烦。

　　妹妹说,谈不上好,也谈不上坏,但那个男的还是很会做表面工作的,我在的时候,他忙得很勤。

　　我觉得继父能这样,至少说明妹妹不在时,他也不会对母亲太差,否则没必要做表面工作,况且母亲也没对妹妹抱怨过他。我说,久病床前无孝子,何况是半路夫妻,能这样已经不错了。我说完,仿佛觉得自己的任务已经完成,不想再说母亲的事,也不愿多想母亲的事,我不想自寻烦恼。

　　不久后的一天,妹妹说母亲就像走火入魔,不仅对她脾气粗暴,还一个劲地向她借钱。妹妹说,找我借也就算了,还不分时间,经常半夜三点打电话来,还非要让你妹夫接,你说气不气人?

我想到母亲这么做的目的只有一个,那就是讨好她的丈夫,想到母亲拖着病体讨好她的市侩丈夫,我恼怒继父的无耻,想到母亲现在的条件也不至于这么缺钱,觉得母亲做得出格,觉得母亲可怜之人必有可嫌之处,但我又能对妹妹说什么呢?我说,你若有,就给她点。她这么做,不论是为了那个男的,还是为了她自己,都属可怜之举,毕竟重病在身,你就忍忍吧。毕竟她养过你,供你大学毕业。

妹妹说,妈也许会找你借的,妈一直怪你不管她。

我顿感愤懑。我没想到母亲会有找我借钱之心。我不气恼母亲是不是找我借钱,甚至是找我要钱。我觉得母子间根本不存在借不借的问题,只存在给不给,说白了,是情分的问题,而不是钱的问题。我愤懑她居然好意思抱怨我。我觉得母亲根本就没资格要求我,觉得母亲可以接受我自愿的善意,但不能要求我为她做什么。我说,我不管她,都是她一手造成的。谁都有老的时候,母慈子才孝,她年轻的时候干什么去了?一场夫妻游戏带来了我,然后一扔,我再小再苦,她都不管,多轻松!我又不是为了服侍毫无慈恩可言的父母而生的,我相信她是不会向我开口的,这是她做母亲的尊严。我当年借钱再多,都没想过向她借一分,这是我做儿子的尊严。

妹妹说,说不定的,她现在什么都听那个男的。

第二天的下午,我接到了母亲的电话。

我抓起电话说,你好,请问哪位?

电话里传来母亲苍老、沙哑的声音,我是你老娘。

我心想,你终于有电话了,你想用钱拍那个男人的马屁的时候就有电话了,你今天只要说点别的,即便向我发火,或没一句关心的话,这都没关系,只要让我感到你还有母亲的尊严,我明天就让妹妹送钱给你。我一声不吭,我等待着下文。我不想说出她不高兴的话,我知道她是个可怜至极的病人。

　　母亲说,你老娘快死了,你知不知道?

　　我没吭声,我对自己说,你活着都和我没关系,你的死和我又有什么关系? 外婆死后,我就当你已经死了。我不吭声,继续等待下文。

　　母亲说,把你养大了,都不知道来看看老娘,老娘的死活跟你一点关系也没有了吗?

　　我一声不吭。

　　母亲说,我们母子就这么不来往了? 母亲说完,哭了。

　　我没想到母亲会哭,我惊讶,再想到母亲的声音苍老、沙哑,我感到自己做得很绝情。我知道自己这么做很残酷,也是人间最没有意义的,但我还是一声不吭。我即便假装,也要装出这副心肠硬的样子,我不想动摇,我知道我在动摇。

　　母亲哭着说,我现在看病花了很多钱,正好家里为了你弟弟的婚事,装潢房子花了几万,其中有五千还是找你小姨借的,至今没还。我现在每个月要吃三瓶治高血压的药,都是自费买,每月都是两三百,所以找你借一千块钱。

　　我感到悲凉,但仍然没有说话。

　　母亲见我不吭声,母亲哭着说,找你借一千块钱买药也不肯?

我不吭声。

母亲哭着说,这是救你老娘活下去的钱,你也不肯借?

我心想,假如真是救你命的钱,假如你有别人母亲的十分之一,别说一千,就是我倾家荡产也会送来的,还根本不需要你开口。我不吭声。

母亲哭着说,你的心真狠,真狠。

我也觉得自己狠得像畜生,但我宁愿是这样的畜生,也不愿为此后退一步。我其实很想说,给你钱看病是应该的,没必要说借,我现在就给你送来,但我就是一声不吭,我感到此刻的世界上,仿佛只有母亲的哭声和儿子的残酷。我不希望母亲挂掉电话,也希望自己的心肠突然软下去。

母亲哭了一阵后,说,你的心比你父亲还硬。母亲说完,就挂了电话。

随着吧嗒的挂断声,我悔恨至极,突然想哭,突然感到自己做得没意思透了。我依旧拿着听筒,一遍遍地念叨,不就一千块钱?不就一千块钱吗?我给了自己一个耳光,我对自己说,畜生,这是为你妈打你的。我又给了自己一个耳光,我说,畜生,这是为了做人的道理打你的。我一遍遍地打着自己的耳光说,畜生,老天迟早会给你报应的,一千块钱算什么?何必把事情做得这么绝?我很想到银行取出一千元烧了它。我认为这是母亲开口的数字,是我应当付出的,也是苍天叫我付出的。

我很快忘了这件事,我习惯了这样的忘却。

23

妹妹手机短信息说,妈又住院,只有半边身体能动,不知能否闯过这关。

"闯关"二字,让我想到母亲可能就要去世了,我情不自禁说了一声"完蛋了",然后重重坐进了沙发里。我不想母亲死,想逃避母亲死的事实;我也不想去看母亲,觉得在母亲的最后时刻做什么都毫无意义。我就这么一动不动地靠着沙发,与此同时,我一遍遍地对自己念叨,你的母亲就要死了,你就再也见不到了。

我这么坐了许久,念叨了许多遍后,突然从沙发上弹起,十万火急地冲进卧室,从仅有的八百元生活费里拿出五百元。我不知我现在拿钱想干什么,我只是想拿。关上抽屉的刹那,突然还想拿上剩下的三百元和一旁的存折,但这样的冲动,迅速消失在妻子节俭的画面里,继而想到家里要过日子,想到这钱并不是全部属于我自己,想到母亲没有资格享用妻子的那份。

我一脸严峻,对儿子说,你一人好好在家,爸爸要看你奶奶去。

儿子问,奶奶怎么了?

我说,奶奶生病住院了。

儿子说,我跟你一道去。

我说,听话,我去了就回来。我不想带儿子去,怕他人小不懂事,反添麻烦。

儿子问,大概什么时候回来?

我说,很快。我敷衍儿子。

儿子问,爷爷也在那里?

我说,不在,我是去看你自己的亲奶奶。我听见自己说出的"亲奶奶",想到母亲自称亲奶奶的场景,想到儿子至今没见过亲奶奶。

儿子纳闷地问,哪个亲奶奶?

我说,以后告诉你,我去了就回来。

我只想着快点到达医院,我告诉妹妹说我马上就到,让她来医院门口接我。我是想减少寻找病房的时间,是为尽快见到母亲。

我收到妹妹的短信,说母亲知道我要去就哭了。我骂了自己一句畜生,同时,从妹妹的短信中感到一丝慰藉,我知道母亲还活着,但我更怕这是母亲最后的回光返照,更加焦虑不安,抽烟镇定自己。车窗外的阳光,熙熙攘攘的人流车流,恍若隔世。我仿佛正在穿越时空。我想到母亲死了,我会不会哭,想到假如母亲闯过了这一关,我们母子是否还会继续往来,我又觉得烦了。希望车慢点到,甚至有了不去的念头,觉得人总会死的,见最后一面又能改变什么呢?我这么一想,觉得自己变成了木偶,任由出租车奔驰。

我看见妹妹的时候,觉得妹妹像一扇通往看见母亲的大门。妹妹要为我付车钱,我严肃拒绝。我认为这样的钱是我必须付出的,是绝对不能让妹妹付的。我问,怎么样了?妹妹说,妈知道你来,哭得很厉害。

我突然想到自己误读了妹妹的短信,误解了闯关意思,否则母亲不会有哭得很厉害的状态。我突然感到自己十万火急的心情纯属多余,觉得自己多事。我说,难得她还会哭。我觉得自己像块没有感情的冰,一路不再说话。尽管妹妹是一种提醒,提醒我这是去看母亲,我却觉得自己仿佛去看一个熟人,更仿佛身在梦境。

妹妹说,到了。妹妹抢先走进病房,走到最里靠窗的那个病床前。

母亲半躺着,褪了色的旧衣服,加上她满脸衰败的苍老,让我在看见她的刹那,觉得母亲是那么陈旧,是我此刻的眼中最陈旧的,比医院那扇剥落了油漆的旧窗户还旧,觉得母亲不会再像窗外那棵枝叶茂密的大树了,也的确活不久了。我也吃惊眼前这个仿佛是我母亲的人,也肯定是我母亲的人,居然会这么迅速地变老变朽。与此同时,我居然想到母亲作为一个风流的女人,从此以后再也不可能风流了,有的只是无奈之下的安稳,安稳着等待死神。我惊讶自己怎么会有这么多恶意的联想,觉得作为人,是怎么也不该有这些想法的。我骂了自己一句畜生,又想到我和母亲间的故事属于悲剧,其结果将以母亲的死亡作为结束,我伤感起来。随着走近母亲,我感到亲情像看得见的水蒸气,渐渐浓烈,似乎还闻到当年化验室里的鸡腿味。我希望母亲活着。我加快脚步,走向衰败的母亲。我很艰难地喊出了一个"妈"字后,突然觉得自己不知道想干什么,能干什么,木棍似的杵着。

母亲望了望我,哭了。

我原本以为自己也会伤心,但恰恰相反,我不仅不伤心,甚至得到一种道理上的安慰,觉得我是正确的一方,母亲是至死才幡然悔悟的一方。我望着母亲那张因中风而歪斜的脸,哭的时候显得更加丑陋，我觉得可笑。这一刻，我为了重母亲的伤心，拿出五百元递给母亲。我在施舍，在证明我的胜利。我充满了恶毒。

母亲哭得更加厉害，用她的一只手拒绝着。

我想到曾经拒绝母亲借钱的事情，想到母亲此刻却为了钱客套，更觉得我们母子关系可笑又荒唐。我也真的想笑。

妹妹说，妈现在只有这只手能动，她只能吃稀饭，你给她钱也没用。

我震惊了，震惊我的残酷，震惊自己居然恶意攻击只有一只手能动的母亲，想到这是母亲靠喝稀粥维持力量的一只手，此刻却是满含母亲善意的。我突然感到一种撕心裂肺的惭愧与内疚，想立即跪下去，以头撞地。我觉得天底下再像畜生的人都比我好，觉得我是天底下最坏的儿子，最坏的恶人。我用最像儿子的声音说，妈，钱你拿着，我来得太匆忙。我很想握握母亲的那只手，但又觉得自己的手仿佛被什么牵住，就是伸不出去。

母亲没拿，钱最终落在白色的床单上，我觉得钱很像一道界线，在我和母亲之间，分割着什么，又连接着什么。母亲只是哭着，我也从这哭声里，真切感受到眼前的这个人就是我的母亲。我说，妈，别哭了，妈，别哭了。我说完后，又突然变得心情平静，觉得自己这么做没意思。

母亲停止了哭泣，对一直帮她擦泪的妹妹说，我想坐起来。

我望着妹妹边吃力抱着母亲，边拿枕头往母亲的腰后塞。我想帮忙，但双手就是难以伸出，直到看出母亲的身体因为半边没有知觉，导致一次次靠不稳的时候，我才伸手托住母亲的背，麻利地码好枕头,并让母亲慢慢地靠了下去。

我这么做的时候,突然觉得自己只是在做好事,没感到这是帮母亲。我甚至在刚才扶住母亲时,感觉被子里散发出一股动物尸体的腐朽臭气,因此想到母亲也许活不长久了。我并不伤感,也不希望母亲死去,我平静地对妹妹说,尽量替妈擦干净些。

母亲坐稳后,用那种中风的人才有的呆滞目光看着窗外。

妹妹说,整个左边都没反应了。

我问,医生怎么说?

妹妹说,治好的可能性很小。妹妹说完,又对母亲说,妈,吃药的时候到了,马上吃吗?

母亲微微点了点头。之后,母亲突然问,宝宝还好吧?

我说,还好。

母亲又哭了。

妹妹赶紧劝解母亲,替她擦泪。

我想到母亲那句"喊第一声奶奶给两百块钱"的话,想到母亲从未听见奶奶的称呼,的确属于人间的憾事。我说,我下次带他来看你。

母亲哭着说,宝宝应该九岁了吧?

我说,是的,上二年级了。

母亲哭得更凶了。

我麻木地站在一旁,认为一个从未关心过孙子的奶奶,伤心是正常的。我看见周围的目光正注视着我们,我讨厌母亲的哭,因为她原本无须哭。我感到这一幕真是滑稽又悲哀。

妹妹说,哥来时,宝宝一人在家。

母亲哭着问,要紧吗?

我说,没关系,他九岁了,也大了。

母亲又哭了一阵,我也没有任何言语地站在一旁。

妹妹边啊啊地说着,边把药丸放进母亲的口中。母亲的嘴动了半天,也没把药丸咽下去。我无动于衷地看着,觉得这是生命即将结束前的必然现象。当妹妹用汤匙喂母亲喝水时,母亲咳了起来。母亲边咳边用那张歪斜了的嘴骂妹妹,你是不是想呛死老娘?觉得老娘烦是不是?妹妹赶紧说,是我把水喂多了,怪我怪我。

我突然恼火母亲这么对待妹妹,觉得母亲到了垂死之际,居然还这么不懂得宽容和体谅,想到妹妹的善良与懦弱,想到妹妹被母亲的病拖得疲惫又苍老,我想发火,想拉起妹妹就走。

母亲艰难地吞完药,说,宝宝在家,你回去吧。

我觉得自己仁至义尽,应该离开这里了,也可以离开这里了,但我又是那么不想走,或者说,是不愿走。我充满了矛盾,我说,没关系。

母亲一遍遍地说,你回去吧,样子也显得越来越急。我一遍遍地回答"没关系"。当我想到她只见了我这么短的时间时,从感情上而言,实在没必要叫我马上走,我不舒服了,恨自己自作多情。我说,那你自己保重,我有空来看你。我说这话的时候,已经想到自己不会再来了。

母亲又用她那只能动的手拿起钱还我。

我毫无怜悯,我说,你留着。

母亲说，我以后给宝宝。

我知道母亲做不到这一点的，但我并不生气，我对妹妹说，她想吃什么，你买一下。我说完，觉得很对得起母亲了。

母亲又哭了，说，你走吧。

我在母亲的哭声里，头也不回地走向门外，走出一种解脱感，像完成了一件任务。我同时也感到一种毁灭，这不仅指母亲即将死去，还有我从自己刚刚对母亲的恶毒和冷酷中，看见我把母子情分推向毁灭。我讨厌我们母子的情分总是走向毁灭。

我到家的时候，儿子正在看电视，我说，今天表现不错。

儿子问，爷爷家的奶奶是我的什么奶奶？我怎么还有个亲奶奶？

我说，以后告诉你。我一下靠进了沙发里，我懒得解释，也懒得动。

晚上，妻子问我去哪里，我说去看母亲了。

妻子说，应该去，不论怎样，她都是你妈。

我没吭声，我心想，她是不是我母亲，难道我不比你清楚？

妻子又问，买东西了？

我说，看自己的母亲，买不买东西并不重要，况且我买不买东西都一样，她只能喝稀粥，我给了她五百元。

妻子说，我不是舍不得钱，你明知她不会花，结果肯定是全给了那个男的，你给两百意思意思就行了，毕竟我们的钱也不多。

我突然难以抑制自己的情绪，第一次对妻子大声吼道，呸！一天到晚算计这些乌七八糟的屁事，你管她把钱给谁，你以为我还能

249

给她几次钱？我倒是很想给，想经常给，但我没机会了，没机会了！我说完，觉得自己过分，但也不想解释。

几天后，妹妹说钱被母亲交给了那个男的，我没生气，没觉得有什么不好。

24

数月后的一天，妹妹发手机短信说，妈在医院，就在这两天了。

我早有思想准备，但还是再次情不自禁说了一声"完蛋了"。我眼中的街景，仿佛在透明的玻璃球中，影像梦幻，寂静无声。

我没有赶往医院的迫切。我早就决定不去参加母亲的丧礼。我不关心母亲的活，又何必关心母亲的死？我们母子关系已经是悲剧，我更不想亲眼看到母亲死去。我并不心痛母亲的死。我的脑海中没有母亲让我感动的温馨场景，只有母亲和我的世界无关的信念。我是在乎"母亲"这个词，或者说，是在乎"母亲"这声称呼里含有的美好，从我的生命里真的消失。我知道这份美好其实与我无关，但我宁可这份悲剧还能存在于世间，毕竟悲剧还有转化成美好的可能，我不想连这样的可能性都彻底消失，我因此想逃避。我也不想在面对死去的母亲，同时面对恶心的继父。我恨生命的短暂，时间的残酷，连让我们母子关系重新来过的机会也没有了。我为这份机会随着母亲的死而永远消失感到伤感。我坐在沙发上，眉头紧锁，牙关紧咬，一只拳头用力抵住自己的嘴，目光一动不动地盯着墙壁，狮吼一样的低沉声音，一遍遍随着气息吐出。我仿佛犹斗的困兽。

　　我突然给了自己一记耳光,咬牙切齿骂自己说,畜生! 你真是畜生,你简直自私透顶,你的母亲都快死了,说不定都已经死了,你还坐着,像个没事人,你想干什么? 难道你是她的儿子,就是你可以计较母亲的理由? 你的母亲把你带到这世界,你为什么不能送送她? 你连这样的平等都不能给你的母亲,你凭什么说你对母亲有过好心? 你这是最后一次送母亲,你以后没有机会了,你个该受报应的大畜生! 我骂着自己,母亲给我鸡大腿、母亲买的一块钱烤鸭、母亲衣着很旧的形象、母亲上楼喘息的样子、母亲用她能动的那只手拒绝钱……这些场景,在我的脑海里电影似的播放,我厌恶自己对母亲的苛刻、计较,我想不通我和母亲计较干什么。我悲伤了,一弹而起,风风火火地冲向医院。我在路上突然想到了父亲,想到他毁了母亲的一生,毁了一个美丽女人的一生,我真想冲到父亲家,拎着他去母亲那里,让他看看被他毁灭的可怜女人就要死了,我觉得母亲正是毁在我和父亲的手里。

　　我一路伤感,愤怒,追悔。来到医院的时候,大姨已经从上海赶来,我看见她坐在另一张床上,我的心稍稍放下,我知道母亲肯定还活着。大姨对母亲最好,母亲若是走了,她是不可能坐在一旁的。我没和她打招呼,不顾做人的客套,直奔母亲的床前,我急切地想知道母亲的状况。

　　母亲浑身插满针管,满脸浮肿,眼睛紧闭,舌头伸出。我当时就感到完蛋了。我听说重症病人的舌头外伸,就意味着无法救活。我感到自己很软,很想依靠些什么。我的脑袋里一片恍惚,觉得头顶上那块属于母亲的天空正在变暗变黑。

妹妹哭着说，妈已经什么都不知道了。

我仿佛没听见。

大姨流着泪说，单单，你是儿子，喊喊你妈妈，听说只有儿子才能喊醒，总不能就这么走了啊！现在也只能希望她醒一醒了。

我也听过这个说法，想到从进门到现在，我居然一声妈也没喊过，我觉得自己真不像儿子，觉得大姨是在指责我。我一遍遍地喊，妈，妈，妈。我的声音是渐渐大起来的，我不知道我在母亲的心里还算不算儿子，不相信我能喊醒母亲，也不愿在继父面前释放对母亲的感情。但我越喊越感到这是在喊母亲，越喊越不愿母亲死，哪怕是让母亲临终前睁一睁眼。我最终无所顾忌地大喊起来。

妹妹也在一旁大喊，妈，哥来看你了，你要是知道，你就睁开眼睛。

母亲睁开了眼睛。

我看到了奇迹。我感动母亲会对我的声音有反应，我热血沸腾，浑身都是力气，相信我有力量让母亲转危为安，相信我的武功能吓退一切病魔古怪，相信母亲不会这么年轻就死的，毕竟母亲才六十三，如今活到八十九十的人到处都是，相信母亲也能这样，相信自己以后会真的好好对待母亲。

母亲睁开了眼睛，但眼珠一动不动。医生说这是病人正常的身体反应，让我们做好心理准备。

我灰心了，感到了自己的渺小。我一动不动，一言不发。我知道母亲就要消失了，我头顶上方那块属于母亲的天空就要变成黑色的窟窿,我只希望母亲还有最后的回光返照,能让我再次听见母亲的声音,看到母亲的情感。

我等待着,看着妹妹和大姨对母亲哭着说这说那,又听见继父也对母亲说,老伴啊,你醒一醒啊。尽管继父没有流泪,我感到他对母亲都比我有感情,觉得我是屋中和母亲最不亲的人,而我本该和母亲最亲的。我再次感受到我们母子的悲剧,再次感到我不想母亲死去的心愿,只是觉得她有母亲的名号,不像妹妹是对母亲这个人。我为自己的这份清醒感到惊讶,感到人的冷漠远远超出畜生。

母亲的眼睛闭上了。我绝望了,走出病房,走到距离病房很远的楼道上吸烟。我知道应该珍惜此刻看见母亲的每一分每一秒,因为以后即便连毫无知觉的母亲也不可能看到了,但我就是一支接一支地抽烟,宁可独处。

深夜时分,妹妹让大家休息,说她守着母亲。我说,你们都陪几夜了,都歇歇吧,我反正睡不着,我来守,妈一有反应,我就喊你们。我觉得自己于情于理都应该这么做,我也反感他们这时还要休息,毕竟他们都是母亲的至亲。我坐在椅子上,望着床上一动不动的母亲,平静地回忆我和母亲的交往经历,胡思乱想着生命的意义和人生的意义。当想到母亲的亲人正以睡觉的方式等待母亲死亡时,我感到人间的滑稽。

突然,母亲眼睛睁开,手脚乱颤,我知道这可能是母亲最后的时刻,我不顾一切地大喊,妈,妈。我赶紧握住母亲扎针的那只手,我怕针头移位刺痛母亲。

我惊醒了所有的人,他们一齐拥来,围拢着母亲。小舅赶紧喊来了医生。

　　母亲瞬间就不动了,就这么睁着眼睛,任凭呼唤,没有反应,那台反映母亲心跳的仪器上,数字越变越小。此刻,我心中只有我的母亲,没有任何杂念。我期盼母亲能说句话,能多活一点时间,能让我多点记忆,哪怕母亲不理我,全是她和妹妹、大姨的,甚至是和那个男人的说话场景。

　　母亲走了,我的母亲真的走了。

　　望着和刚才一样姿态的母亲,我无法接受生命的从生到死,会简单得这么没有过程,这么没有痕迹。我感到整个时空都是荒唐的。我想不通这是事实,也想不通我有这样的事实。我望着周围的哭声,我看见天地间那块属于母亲的天空彻底黑了,我以后不论对母亲做些什么,母亲再也不可能知道了。

　　我的眼睛很酸,我想哭,但我不想当着那个男人的面哭。我更感到自己是逆子,没有哭的资格,感到哭,就是对母亲的虚伪。我只是呆呆地站着,突然想到自己还握着母亲的手,想到这是我第一次握着母亲的手,而母亲已经死了。想到我的一生,只是满含感情地握了握已经死去了的母亲的手,一只被点滴打得冰凉的手,我伤感,又感到荒唐。我就这么一直握着母亲的手,我舍不得我们母子的缘分到了真正的尽头。

　　准备为母亲擦洗身体时,我走到了门外,我想到母亲是个女人。我其实一直想看看母亲生我时,因难产留下的那块刀疤,我从小就有这样的念头,现在也想知道,我知道以后再也看不到了,但我再次想到我是男人，母亲是女人，我必须尊重母亲。况且我又想到母亲已经死了，那道刀疤又算什么呢？看或不看的意义都是一样。

我独自坐在走廊的椅子上，一支接一支地抽烟。我仿佛想着什么，仿佛什么也没想，只是知道自己还活着，而一个把我带到人世间，被我称呼为母亲的人死了，此刻正被最后擦洗，需要干干净净去火葬场。

大姨对我说，单单，母亲走了，有儿子的，要由儿子抱头送终的，你的继父怕你不高兴，让我问问你，让他的儿子抱你妈妈的头，你抬妈妈的脚，行不行？

我并不知道这些规矩，再说，母亲都已经死了，我还在乎这些干什么？况且母亲活着的时候，我们母子的悲剧，导致了那么多的不合规矩，现在再讲规矩，实在多余，也荒唐。我说，妈的后事由他张罗，一切听他的，他要我做什么只管说，我不介意，我只想尽义务。

我看出母亲的遗体已被整理好，我走了进去，很想多看看母亲，我知道以后没机会了。母亲的口眼闭得很好，她躺在红色的床单上，已被化了妆，面色红润。黄色的寿衣外裹着大红披风，头戴印有"寿"字的红帽子，母亲就像一个睡着了的可爱孩童。我无法相信母亲已经死亡，觉得自己仿佛来到了过去的某段时空，我只是一个等着母亲醒来去玩的小伙伴，又觉得自己仿佛是我的外祖父，默默站立在一旁，慈祥地注目着我的母亲。这一刹那，我忘了母亲刚才还浑身插满各种的针管，忘了人的生与死，忘了人的出生有序,我从中感到永恒的温馨,天的宁静。

当殡仪馆的工作人员风风火火地拿着担架进来时,我觉得他们应当慢点轻点,但我又不知该说什么。他们麻利地把担架放在地上,铺好塑料袋,拉开拉链。我很不情愿母亲躺进地上的塑料袋里,但知道只能这样。他们分立在病床的两边站定后,有人问,谁是儿子?来抬一下,注意抓住被单的四个角,抓住抓牢。

我并不知道这就是抱头送终的开始,我只是担心继父的儿子力气小,怕他抓不住母亲头间的被单两角,可能会让母亲的头摔在地上。我想他若抓母亲脚头的被单两角,即便母亲的脚落地,不会让我有什么遗憾,毕竟脚本来就是在地上走的。我迅速走过去,用力抓住母亲头间的两个被角。我用的力气很大,我怕被单滑掉,后悔一生。我知道这是为我的母亲做事,知道以后再也不可能为母亲做什么了,我只想做好这件事情。

母亲被抬到担架上,我看见铺在身下的被单凌乱,我用手整理的时候,我的手触及母亲的身体,我明显地感到母亲的体温。我的心猛地一疼,我想骂继父这么急切地把母亲送走干什么,但想到现在对母亲做什么都没意义,想到他是母亲的丈夫,比我更有权处理母亲的后事,我没吭声。我在心里对母亲说,妈,别怪我,我真的不想这样,但我真的不愿和他啰唆,你本来就属于他,我实在不知怎么办。

当殡仪馆的工作人员面无表情地拉上塑料袋的拉链时,我实在不相信我的眼皮之下,会有人这么残酷地对待母亲。我感到无可奈何,感到自己空荡荡地飘在空中,远远看着一件和母亲无关的事。

担架抬起的时候,我的位置没有移动,因此抬的是母亲头间的把手,我并不知道这就是抱头送终的抱头。当大姨为我抱头送走了母亲感到欣慰时,我觉得这是母亲在冥冥之中的安排。

我抬着担架的冰冷把手,很不习惯母亲将远离所有亲人的悲伤,但也清醒死亡是比冰冷的把手更加残酷的冰冷,我根本无力温暖它。我感到生命的脆弱和人的渺小,更感伤我与母亲的悲剧。在殡仪馆办理手续的时候,望着继父手里那些证明母亲身份的证件,我悲哀母亲的一切都与我无关。办好手续,当我亲手将母亲送入殡仪馆狭小的冷藏柜时,我再次明显感觉到母亲的体温,我很不忍,很想说声等等,但想到自己在母亲活着的时候,也没对母亲好过,在这样的场合,我的行为不仅没有任何意义,还显得做作,母亲都已经死了,那就让一切都马马虎虎吧。我再次在心里对母亲说,妈,一切就这样了,我毕竟只是您的儿子,一个属于您家庭之外的儿子。我没对您负过责,没资格命令别人,我只能听命,只能对您一切从简。柜门关闭的刹那,我是那么舍不得,我真想跪下,对母亲说,妈,我舍不得你啊,我舍不得你躺在这么冷的柜子里。

从殡仪馆出来,我没去母亲的灵堂,我知道那是母亲和另一个男人的家,母亲活着的时候我都不愿去,现在母亲死了,也就更没必要去了。我独自踏上回家的路,我感到孤单与苍凉,宛若置身梦境。

我一进家门,儿子问,爸爸,你去哪里了?

我说,爸爸去送你亲奶奶了。我说这话时,想到母亲那句"喊第一声奶奶就给两百块"的话,我伤感。

妻子问,你妈走了?

我没回答,默默坐进沙发里。

我在疲惫中睡着,恍惚中,仿佛听见母亲喊我的声音,惊醒后的第一感觉是循声寻找母亲,但接着是想到母亲怎么来了,怎么可能来,为什么会来,又能来往多久,我没想到母亲已经死了,我居然还有这些念头,感到人的记忆像条功利滔滔的大河。我恨自己。

再次来到殡仪馆,来到即将让母亲的身体永远消失的地方,我一片恍惚。当看见继父的儿子头戴白帽子,腰扎白布时,我再次觉得我是母亲追悼会上的局外人,多余的人。

妹妹让我去买个花圈,说那个男人没有为我准备,说这是各自尽心的事,说她也不方便为我买。我毫不生气,觉得当然是要自己买的,这是对母亲的敬意。也正是在摆放花圈的时候,母亲的遗体被推了出来,而此时,整个大厅里只有我一个人。我不知道他们为什么会一齐在门外,感到这是母亲冥冥之中的安排,让我迎接她最后的遗容。我感慨万千,呆呆地望着母亲,心里说,老娘啊老娘,原谅我。

我曾经讨厌母亲自称老娘,觉得这样的自称实在不雅,我没想到此刻会把母亲称呼为老娘,更觉得自己以前对母亲太计较了,觉得自己不像儿子,觉得只要母亲活着,雅不雅又算什么呢?

母亲的遗体被推走的时候,我仿佛突然惊醒,很想跟着走,但我没动。当母亲的遗体就要消失在那扇门里,我真想冲上去,但我还是没动,我无比地感伤和追悔,只想静静地发呆独处。

我坐在椅子上等候母亲的骨灰，我只想发呆，只想让自己麻木。我看见继父的儿子通过小窗口张望火化间，我知道我不会看，也不忍看，毕竟这是看自己的母亲变成灰烬，看母亲的身体永远消失。我想用这种不看的方式麻痹自己，仿佛这样，就能让我在心里感到母亲离死亡远些。

　　通知拿骨灰盒的时候，我和继父披麻戴孝的儿子一道，我已经知道继父安排了他的儿子捧母亲的骨灰，我一直走在他的后面。但就在工作人员拿着骨灰盒准备递给他的刹那，继父的儿子扎在腰间的白色孝带突然松散落地，就在他拾起的时候，工作人员指指我说，你是家属？是儿子？我点点头。工作人员不满地说，怎么也不知道接走？我接过了骨灰盒，也就在这一刹那，我再次感到这是母亲冥冥之中的安排，是母亲想让自己的亲生儿子捧着她，送她最后的一程。我不再把骨灰盒转递给继父的儿子，我只想把母亲让我做的事情做好，我已经不在乎继父是否会有想法，我压根就不怕他有想法。我感受到了母亲就是母亲，但我又想到母亲若是早这样的话，那该有多好，多美满。

　　我一直手捧母亲的骨灰盒，直到把母亲送入暂放骨灰盒的箱柜里。

　　母亲落葬的那天，我真的不想去，觉得亲自看到母亲入土太残酷，想到自己不去，母亲也是一样落葬的，但想到那些仿佛母亲冥冥之中的安排，坚信母亲是想让自己的亲儿子送她最后一程，想到这也是我能为母亲做的最后一件事，若不去，肯定会后悔一生。

　　我把母亲的骨灰盒放入墓穴时，是那么舍不得。我颤抖的手，搬起石板封住墓穴,并亲自在石板的周围小心地抹上水泥。我的母亲把我带到人间,让我看见阳光灿烂的光明大地,我却封闭了母亲进入光明大地的入口。